ご飯ください

火崎 勇

講談社X文庫

目次

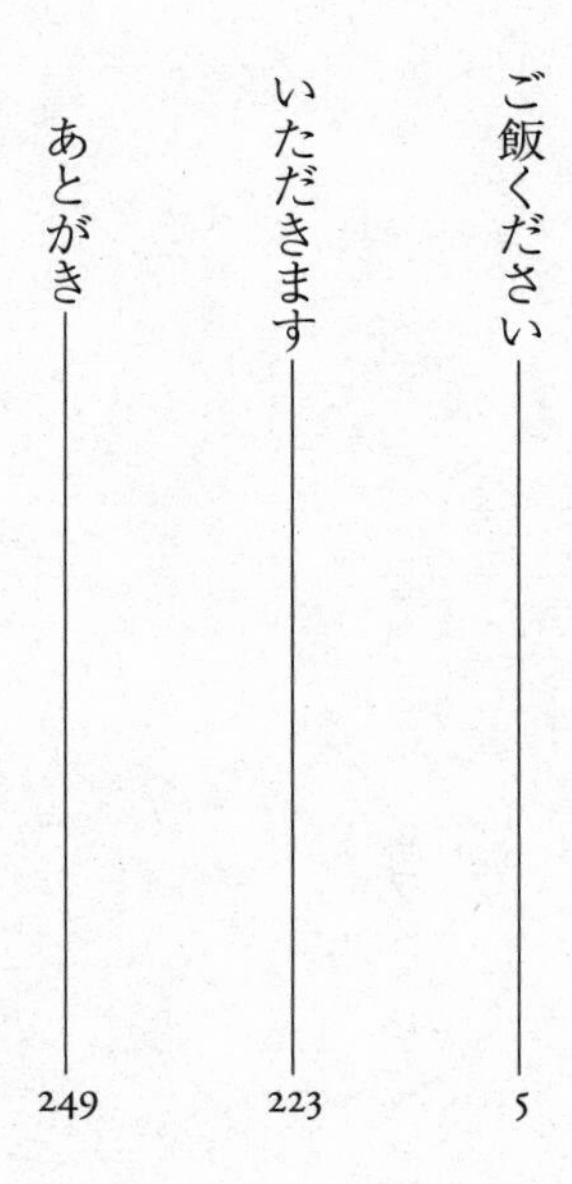

イラストレーション／幸村佳苗

ご飯ください

「お疲れー、また明日」

仕事が終わって、みんなに挨拶しながらお店を出る。

お店からアパートまでは、歩いて十五分。

でも家に向かう前に駅前の二十四時間やってるスーパーで弁当を買う。

以前はコンビニで買っていたのだが、スーパーのがボリュームもあるし、安いとわかってからはずっとスーパーの方にしている。

だって、俺は金を稼がなきゃならないのだ。

俺にとっての生き甲斐は、弟の菊太郎だった。

まだ小学生の菊太郎のために生きているといってもいいだろう。

菊太郎がいるから、俺はシアワセなのだ。

酔った足取りで戻ったアパートの部屋。菊太郎は寝てるかな？ それとも起きて待っててくれるかな？

古いけれど造りのしっかりしたこのアパートに引っ越してきたのは先月だった。

前のアパートを取り壊すから出ていってくれと言われた時にはショックだったが、立ち退き料は貰えたし、新しい大家さんはすごくいいおばあちゃんで、結果的にはラッキーだったと言えるだろう。

しかも、家賃も安かった。

前に住んでたおじいちゃんが自宅で亡くなったので、事故物件ってことで家賃が割引になったのだ。

おじいちゃんは老衰で、眠るように亡くなったという話だから、恨まれたりはしないだろう。

引っ越す前にはちゃんと手を合わせて、子供好きの老人だったら、菊太郎の守護霊になってくださいとお願いもした。

しかも、しかも、おじいちゃんは身寄りがなかったので、家具や電化製品は処分する予定だといって、使えそうなものはタダで貰えた。

ホント、ラッキーだと思う。

ラッキー、ラッキー、ラッキー。

きっと全て上手くいく。

いい気分で部屋の前に立ち、ポケットからカギを取り出した俺は、扉に貼られた紙に気付いた。

「何だ?」

借金、はしてないぞ?

顔を近づけて書かれている文字を読む。

『弟は預かってる。二〇二号室へ来い』

これって……。

「誘拐だ！」

菊太郎が可愛いから誘拐されたんだ。

酔いは一気に醒め、俺は慌てて隣の部屋の扉を叩いた。

二〇二号室って、隣じゃんか。

「誘拐犯！　弟を返せ！　うちなんか身代金は払えないぞ！」

バンバンと思いきり扉を叩いていると、いきなり扉が開いた。

「弟を……、かえ……せ……」

中から現れたのは、俺より背の高い、がっちりした体つきの、いかにもヤの付く自由業って感じの男の人だった。

……顔はいいけど。

「うるさい」

男は咥えタバコで言った。

いや、たとえどんなにおっかない人が相手でも、ここで負けちゃダメだ。

「う……、うるさいじゃない。菊太郎を……」

「雫」

気持ちを立て直して文句を言おうとした時、男の陰から菊太郎が出てきた。

「菊太郎！」

無事だったか。

思わずしゃがんで抱き締めると、菊太郎は手を突っ張って俺を押し戻した。

「お酒臭い」

「あ、ごめん」

「弟ほったらかして飲み歩いてたのか」

「それは違うぞ、辻堂。雫の仕事はホストだから、お酒を飲むのは仕事なんだ」

俺に代わって菊太郎が男に説明する。

「誘拐犯に説明なんかしなくていいんだぞ」

と言うと、今度はこっちを向いて『お叱り』の顔をした。

「雫。辻堂は誘拐犯じゃない」

「お前は騙されてるんだ、菊太郎。こいつは……」

「雫」

あ、これは怒った声だ。

「……はい。でも弟は預かったって紙を貼ってたんだぞ?」

「だから、預かってるだけだろう。ガキが一人でドアの前に何時間もしゃがみこんでたから、まっとうな大人として保護しただけだ」

頭の上に降った声に顔を上げる。

あ、下から見ると余計に怖い。

目付きが怖いんだな。

「俺、今日カギ忘れてっちゃったんだ。だから入れなくてドアの前で待ってたら、辻堂が部屋に入れてくれて、ご飯も食べさせてくれたんだ」

「ご飯？」

言われてみれば、いい匂いがするような……。

料理の匂いに反応して、俺のお腹が鳴った。

「腹が減ってるのか？」

「あ、はい」

「しょうがねぇな。入れ」

「え？」

「まだ残ってるから、食わせてやる」

「タダ？」

「あぁん？」

低い声。

「だって、後でふっかけられたら困るもん。料金は先に訊いとかないと」

「金なんか取るかよ。そんなところでしゃがみこまれてちゃ迷惑だ。いいからさっさと入れ」

「大丈夫だ雫。辻堂は顔は怖いが優しい人だ」

「菊太郎がそう言うなら……」

それに、本当にいい匂いなんだもん。

「失礼しまーす」

と断ってから、スーパーの袋を手に部屋に入る。

彼の部屋を見た途端、俺は思わず声を上げてしまった。

「すっげー、綺麗(きれい)」

同じアパートの部屋なのに、こっちの部屋は全然俺の部屋とは違っていた。

俺の部屋は、引(ひ)っ掻(か)くとボロボロ崩れる壁で、大きな押し入れがあって昔ながらのアパートって感じだけど、こっちの部屋はもっとカッコイイ。

壁は一面真っ白で、柱は黒。押し入れがある場所は、壁と同じ白に黒の縁取りのある扉が付いている。

床は畳で同じだけど、ピカピカで何か違う。新しいってだけじゃない。

とにかく全部が白と黒でできていて、ピカピカだ。

「どうして？　何で？　こっちの部屋のがカッコイイ」

「リフォームしたからに決まってるだろ」

「リフォームかあ」

いいなあ。

お金があったら、こんなふうにできるんだ。

「いいから、おとなしくチビと座って待ってろ」

命令されて、部屋の真ん中にある黒いテーブルの前に座る。

菊太郎は、マグカップが置かれた前に座った。

「何飲んでるんだ？」

「カフェオレ。甘いの」

「メシ食ったって？」

「うん。辻堂がパスタ作ってくれた。ウインナーとブロッコリーが入ってるの」

「へえ。美味（うま）そう」

俺は、彼が消えたキッチンの方を見た。

チラッと見えるキッチンも、うちとは違うなぁ。

「あの人、悪い人じゃないのか？」

小声で訊くと、菊太郎は真っ黒な目をこっちに向けた。

「違う。寒いだろうから入れって言ってくれた。優しい人だ」

「そっか……。お前、カギ忘れるなってあれだけ言ったのに、忘れたのか？」

「前の部屋のヤツと間違えた」

「あれはもう捨てろって言っただろ？」

「うん……」

菊太郎は曖昧(あいまい)に返事をして目を伏せた。

もうない部屋なのに、まだ忘れ難いのか。

「誰も帰ってこないぞ？」

「わかってる。アクセサリーだ」

話をしてる間にも、いい匂いが強くなる。

醤油(しょうゆ)の焦げる匂いだ。

その匂いに集中して、会話が止まる。

何作ってるのかな？

さっき電子レンジみたいな音が鳴ってたけど。

そわそわして待っていると、大男はお皿を持って姿を見せた。

「ほら、食え」

俺の前にドンと皿が置かれる。

菊太郎が言った通り、ウインナーとブロッコリーが入ったパスタだ。それだけじゃなくて、タマネギとピーマンも入ってるし、上に温泉タマゴが載って、ゴマがかかってる。

見ただけで、またお腹が鳴った。

「いただきます！」

目の前で、パンッ、と手を合わせ、俺はすぐにガッついた。

まず卵にフォークを刺すと、トロッとした黄身が流れ出るので、それをからめて一口目を口に入れる。

「美味い！」

思った通り、味は醤油味だった。

「あ、今菊太郎から聞きまひた。誘拐犯らんて言ってすんません。弟がおへわになったのに」

「食うか喋るかどっちかにしろ」

怒られたので、俺はフォークを置いた。

「弟がお世話になったのに、誘拐犯だなんて言ってすみませんでした。俺は二川雫。こっちは弟の菊太郎です。引っ越してきた時に挨拶に来たんですけど、留守だったんで顔見られなかったから、初めまして」

「……俺は辻堂だ」

「辻堂何さんですか？」

「辻堂でいい」

辻堂さんは、テーブルの上にあったタバコを取り、口に咥えると火を点けた。

さっきも吸ってたけど、あれはどうしたんだろう?

「あの、菊太郎がいるんでタバコは……」

「ああ?」

あ、また睨まれた。

「タバコって体によくないじゃないですか。フクリューエンていうのが子供に悪いって言うし」

「ここは俺の部屋だ」

「……ですよね」

目付きが鋭いから、おっかないんだよ。

黒いTシャツっていうのがまた威圧感あるっていうか。これでブラックスーツなんか着てたらマフィアかボディガードかって感じだ。

「取り敢えず、ありがとうございました。菊太郎、お前もお礼言え」

「ありがとうございます」

お礼は言ったから、もう食べてもいいよな。

もう一度フォークを持って、パスタを口に突っ込む。

出来立ての温かい料理って、それだけでもおいしいよな。

「お前ら、兄弟だけで住んでるらしいな」

菊太郎を見ると、「俺が言った」と言った。

「はい」

じゃ、隠すことないな。お隣さんだし、ご飯くれたし。

「親は？」

「蒸発しました」

「蒸発？」

彼の目がピクッと動く。

「はい。二人していなくなるのは時々あったんだけど、今回は金目のものと身の回りのものが全部なくなってたから蒸発だと思います」

「そいつは……、大変だったな」

意外にも優しい言葉が出たので、俺と菊太郎は顔を見合わせて笑った。

「大変じゃないですよ。すごいラッキーだったたって思ってます」

「ラッキー？」

「俺の親父（おやじ）は飲んだくれで、子供にも手を上げるようなろくでなしだったたし、菊太郎の母親はいわゆるアバズレってヤツで、二人とも働かないのに酒は飲むって人間だったんです。俺のバイト代は盗むし、菊太郎の食事も作らないし。だからいなくなってくれてせいせいしました。な、菊太郎？」

「ん。雫はちゃんとご飯作ってくれるし、洗濯もしてくれる」

「掃除は菊太郎の担当な」

親父と暮らしていた頃を考えると、本当に今はいい暮らしだ。

「ちょっと待て、お前の父親とそいつの母親ってことは、親は別なのか？」

「え？　はい、そうです。二人が再婚したんです。ちゃんと籍入れてくれてよかったです。でないと、俺が菊太郎の保護者になれなかったし」

「親がいなくて、金はあるのか？」

「誘拐犯じゃないのに、お金のこと訊くの？」

「雫、心配してくれてるんだよ。ね？　辻堂？」

「菊太郎、『さん』を付けろ」

「友達になったら『さん』はいらないだろ？」

「お前、友達になったのか？」

こんな小さい子供と友達だなんて……。

「ショタコン？」

俺が驚きの声を上げると、彼はブッ、と煙を吹き出してから、またまた俺を睨んだ。

「アホか。そのガキが、友達の家じゃなきゃ入らないと言ったからだ」

「知らない人の家は行っちゃダメ。友達の家ならいいって雫と約束したんだもん」

「得意げに言ってるけど、菊太郎。今日友達になった人を友達って言うんじゃ、知らない人がみんな友達になっちゃうぞ」

「友達になったら知らない人じゃないぞ」

「いや、だから、それはそうなんだけど」

「それに、辻堂は知らない人じゃなくてお隣さんだった」

「うーん……」

俺達のやりとりを見ていた辻堂さんがふっ、と笑った。

「何だ、兄ちゃん弟に負けっぱなしじゃねぇか」

「仕方ないよ、俺、中学しか出てないバカだもん。あ、この言い方は中学しか出てない人はバカって聞こえるからいけないか。えっと、えっと、俺はバカだから中学しか行かなかった、かな?」

「高校は、行く金がなかったのか?」

「そう。バイトで稼いだ金は、みんな親父が飲んじゃったし。でも高校行けるほど頭がよくなかったから、仕方ないよ。でも菊太郎は違うんだよ。すっごく頭がいいの。だから俺が稼いで菊太郎を大学に行かせてやるんだ」

「それで、俺がもっと稼いで雫にいい暮らしをさせてやる」

「なー」

「ねー」

二人で目を合わせ、頭をごっつんこさせる。

「雫は茶髪で派手なスーツを着てるからチャラく見えるが、これはホストとしての正装だから仕方がないのだ。根はすごく真面目(まじめ)なバカだから許してくれ」

「兄貴をバカ呼ばわりか」

「俺、本当にバカだから気にしてないよ」

辻堂さんは、なぜか頭を抱えた。

笑ってるのかな？

怒ってるのかな？

下を向かれるとわからない。

「隣が事故物件だったって知ってるのか？」

「知ってる。ラッキーだった。お陰で家賃安くしてもらっちゃった」

「お前、ホストだって言ったな」

「そう。俺、顔可愛いでしょ？　中学卒業してからは、色んなバイトとかしてたけど、工事現場でバイトしてた時に島田(しまだ)さんが、お前ホストに向いてるぞって」

「島田さん？」

「現場監督のおじさん。俺、力がないしバカだから、あんまり役に立たなかったんだ。そしたら島田さんが、お前はホストのが向いてるんじゃないかって。そしたら、ミホちゃんが知り合いの店で丁度ホスト探してるって」

「ミホちゃんって誰だ？」

「フィリピンパブの女の子。島田さんの彼女で、本当はマリリンっていう名前らしいよ。で、そのミホちゃんが紹介してくれたのが、今のお店。店長さんも優しくていい人だし、ちゃんとお給料も出るんだよ」

「働いてるんだから、給料ぐらい出るだろ」

「水商売だとピンハネする人もいるって、知らないの？」

辻堂さんの顔がムッとした。

「俺、まだ二十一だから、お酒もそんなに飲めないのなら飲まなくてもいいって言ってくれる人なんだよ？　お店の売り上げはお酒が一番なのに」

「そいつは確かにいい店長だな」

今度は認めてくれた。

「でしょう？　お客のお姉様達もみんないい人なんだよ。だからちょっとずつ貯金もしてるんだ。菊太郎の進学資金、すっごくかかるらしいから」

「俺は公立から国立に行く」

「菊太郎は頭がいいからきっと東大だよ」

「うん、目指してる。京大もいいが、それだと雫が一人ぼっちになっちゃうからな」

「京大って遠いの？」

「京都にある」

「京都かぁ。新幹線に乗ってくとこだよね。じゃ、東大にして」

会話する俺達に向けて、辻堂さんがふーっとタバコの煙を吐いた。

「マジかよ。今時の日本にまだこんなのがいるのかと思うと、頭が痛いぜ……」

「辻堂さん？」

「雫、お前の帰りはいつもこのくらいか？」

「うん。時々もっと遅くなるけど」

「仕事に行くのは何時だ？」

「五時。行ったらまずお店の掃除を……」

「菊太郎。お前の学校は何時に終わる？」

「授業は二時前に終わるけど、図書室で勉強して四時に帰ることにしてる。帰ってから雫を起こしてご飯食べるから。でも今日はちょっと長居したから」

「わかった。それじゃ明日から、雫が出勤したらここへ来い」

「え？」

「なんで？」

　俺達が驚きの声を上げると、辻堂さんはじろっとこちらを見た。

「俺は、隣でジジイが亡くなってたと聞いた時、後悔した。もう少し気に掛けてやってりゃよかったって。同じことを二度繰り返したくない」

「俺、まだ若いよ？」

「だが貧乏でバカだ。そして菊太郎は頭はいいかもしれないが、ガキだ。放っておいて犯罪に巻き込まれたり、餓死でもされたらかなわん」

「ご飯はちゃんと買ってるよ」

　俺は傍らに置いていたスーパーの袋に入った弁当を見せた。

「ラーメンだって作るし、チャーハンも作るし」

「そんな栄養の片寄ったもんばっかり食ってたら、二人とも体を壊すに決まってるだろう。野菜を食え、野菜を」

「えー、野菜ぃ？」

「菊太郎が病気になってもいいのか？」

「それはダメ！」

「じゃ、言う通りにしろ。雫が出勤したら、菊太郎はここに来る。勉強したいならそこですればいい。雫は仕事が終わったら、ここに迎えに来てこいつを連れて帰れ。夕飯だけは二人に食わしてやる」

「辻堂の仕事の邪魔にならない？」

「今日一緒にいて、お前は騒ぐ子供じゃないとわかったからな。今日みたいにおとなしくしてるなら、問題はない」

「一日いくら払えばいいんですか？」

「金はいらん」

「でも、タダより怖いものはないって」

「『高い』だ。そいつは悪くない考え方だが、これは俺が好きでやることだ。ただし、出されたものは絶対に食べるのが約束だ」

「ご飯、これくらいおいしい？」

俺は空っぽになった皿を示した。

「その程度ならな」

「どうしよう、菊太郎」

菊太郎は大きく頷(うなず)いた。

「辻堂はいい大人だと思う。部屋を見た限り、お金にも困ってないと思う。だから、お世話になった方がいいと思うぞ」

「菊太郎がそう言うなら。お世話になります、辻堂さん」

まだ辻堂さんがどんな人だか俺にはわかんないけど、菊太郎の判断に間違いはない。

この人が、俺が帰るまで菊太郎と一緒にいてくれるんなら安心だし。ご飯が一食浮くならありがたい。

「わかった。約束します。お残しはしません」

元気に手を上げて誓ったのに、辻堂さんは嫌そうな顔をした。

もしかして、この人はこれが地顔なのかな。

「話が決まったら、さっさと帰れ」

何だか、不思議な人だった。


俺が小学校に入るまで、母親がいた。

優しくて、すごく綺麗な人だった。

俺が頭が悪くても、怒ったりしなかったし、ご飯もちゃんと作ってくれた。

でも親父はダメだ。

酒を飲むと暴れるし、仕事もすぐ辞めてしまう。

母さんはどうしてこんな男と結婚したのか、不思議で仕方がなかった。

あんまり不思議だったので一度訊いてみたことがあった。

「母さん、どうして父さんと結婚したの？　お酒ばっかり飲んでる人なのに」

すると母親はこう言った。

「顔がいいから。お父さん、ハンサムでしょ？」

確かに、親父は顔がよかった。

きりっとしてれば俳優みたいだった。

「それに、昔はちゃんと働いてたのよ。腕のいい大工になるのが夢でね。でも、足場から落ちて怪我して、クビになっちゃったの」

仕事で怪我をしたのに、会社は治療費をくれなかった。それどころかお前がちゃんとしてないからだ、とクビにした。

それ以来、酒に溺れるようになったらしい。

「可哀想な人なのよ」

と母さんは言った。

でも俺は知っている。

怪我の治療中に酒の味を覚えた親父は、怪我が治って新しい会社に入ったけど、相変わらず酒浸りで、そのせいでまたクビになった。

何度もそれを繰り返し、こんなことが続いていると生活ができないと母親が注意した途端、まだ中身の残ってる缶ビールを投げ付けた。

だったらお前が働いて稼いでこいと怒鳴られ、母さんはホステスになった。

そして……、そこで知り合った客と駆け落ちしてしまった。

俺を親父のとこへ残して。

母さんが逃げた後は酷かった。

お前はゴミだ、ゴミを残して逃げやがった、と母さんを罵り、俺を殴った。

幸いにも、学校の先生はいい人で、俺がアザを作って登校すると、家庭訪問で親父を叱ってくれた。

だがその夜、余計に酷く殴られた。

お金はみんな父親の酒に消えたので、俺はいつも空腹だった。

小学校の時は給食があったからいいが、中学は弁当。

もちろん、弁当なんて作ってくれる人はいない。家の中に残っている食べ物を詰め込んで学校へ行くのだが、その食べ物は大抵酒のツマミだった。

サキイカとかジャーキーとか。

給料日に少しだけ渡してくれる食費は、月末に金が足りなくなると取り上げられた。

いつも腹を減らしていた俺を助けてくれたのは、友達だった。

自分達の弁当を分けてくれたり、パンを買ってくれたり、家に呼んでご飯を食べさせてくれたりもした。

でも、誰も親父に直接注意をしてくれる人はいなかった。

そんな状態では家で勉強なんかできるわけがなく、成績は最低だった。

中学を卒業すると、すぐに働けと言われた。

親父が高校に行く金を出してくれるわけがないし、自分が受験できるほど頭がよくないことがわかっていたので、別にいいやと思った。

それより、自分で稼げれば腹いっぱい食えると思った。

でも、学校が紹介してくれた小さな電気工事の店に勤めたけれど、三ヵ月でクビになってしまった。

理由は親父だ。

親父が、俺から会社の金庫の場所を訊いて、盗みに入ったのだ。

すぐにバレて捕まったけど、俺はグルと思われてクビになってしまった。

親父が刑務所に入っている間、殴られることはなかったけれど、中卒で前の仕事をクビになってて、親父が逮捕されてる人間を雇ってくれるところはなかった。

結局、コンビニでバイトしたり、新聞配達をしたり、日雇いの荷物配送をやったりしてる間に親父は帰ってきた。

そしてまた前と同じ生活だ。

バイトに行ってる間に、稼いだ金は探しだされて盗まれ、親父の酒やパチンコや競馬に使われる。

大穴を当てると少し返してくれたが、負けると酔って殴られる。

そんな生活が少しはマシになったのは、クミさんが来てからだ。

クミさんは、ホステスだった。

客との不倫で産んだ子供、菊太郎を連れてうちのアパートへ転がりこんできた。

クミさんは、化粧の濃い美人だった。そして親父と同じくらい酒を飲んだ。俺が殴られてても、笑ってるような人だった。

俺はクミさんが嫌いになった。

でも菊太郎は……。

クリクリの巻き毛に真っ黒で大きな目。手も足も小さくて、玩具（おもちゃ）みたいに可愛いのに、喋り方はどこかオッサン臭い。どうやら、クミさんが勤めてた店のマスターの喋り方をまねてるらしい。

俺のことを『雫』と呼び、ついて回る菊太郎は、可愛かった。

俺が殴られてると、小さな身体（からだ）で庇（かば）おうとして、クミさんに怒られてた。

クミさんはご飯を作らなかったので、俺が菊太郎にご飯を食べさせた。

インスタントラーメンを作ってやると、「美味しいね」と笑った。

初めて、俺は早く家に帰りたいと思うようになった。早く家に帰って、菊太郎にご飯を食べさせなきゃ。親父が菊太郎を殴らないように見守らなきゃ。

俺は、もっと菊太郎に美味しいものを食べさせてやりたくて、長く勤められるところを探して工務店に勤めた。

子供の頃まともに食べられなかったせいでひょろっとした身体では辛かったが、毎月決まった額が入ってくるのはありがたい。

「お金は計画的に使うといい。少しずつ貯金しろ」

という菊太郎のアドバイスで、貯金も始めた。

親父達が留守の時、いつか菊太郎と一緒にここから出ていこうなんて話もしていた。

が、ある日俺が仕事から帰ると、ドロボウが入ったのかと思うほどぐちゃぐちゃの部屋の中で、菊太郎が泣いていた。

「どうした！」

「出てった……」

「出てった？」

「お母さん……スーツケース……なくなっておじさんも……」

今まで、二人がふらりといなくなることは何度もあった。

けれど荷物を持って出ていったのはこの時が初めてだった。そしてこれが最後だった。

親父達は戻ってくることはなかったのだ。

ろくでなしの親父でも、取り敢えずアパートの家賃や、電気や水道のお金は払ってくれていた。

その親父がいなくなってしまったので、俺の給料だけでその全てを払わなくてはならなくなった。

あまり働きがよくないから給料は安かったので、これはかなりキツイ。

コツコツ貯めていた金も、通帳ごと盗まれていて、どうにもならなかった時、島田さんが連れてってくれたフィリピンパブで言った。

「お前よう、この仕事向いてねぇんじゃねぇの？　顔可愛いんだから、ホストとかの方が向いてるぞ」

それを聞いていたミホちゃんが続けた。

「それならワタシいいトコ知ってるよ。お客サンのトモダチのお店、ホスト辞めちゃって困ってる言ってたから」

「いいじゃねぇか、紹介してもらえよ」

そこで紹介してもらうと、工務店より給料がよかった。

しかも、人懐こい俺にとっては、天職だった。

電車で二駅離れてるのがちょっと大変だったけど。だってお金がもったいないので、なるべく歩いていくようにしてたから。

店長さんは、時々だけど余った料理もくれたりしたので、何とかギリギリの生活をしていたところ……、突然大家さんからここを取り壊すので出てってくれ、と言われてしまった。

ショックだった。

ボロボロのアパートだったけど、家賃が安くて、こんなに安いアパートは見つけられないと思ってたから。

困ってる、困ってると言っていたら、お店のお客さんが、いいところがあると教えてくれた。

「知り合いのおばあちゃんとこの部屋が空きっぱなしで困ってるって聞いたのよ。事故物件ってわかる？　前の住人がそこで死んだんで、次の借り手がないんですって。やっぱり死人が出たとこは気持ち悪い？　もし平気なら、不動産屋に紹介したげるわよ」

あまり期待しないで紹介された不動産屋に行ってみると、今のアパートに案内された。

お店のある駅と同じ駅に建つアパートは、大家さんの大きな家の隣にあった。

木造二階建てだけれど、造りはしっかりしているので、子供がちょっと騒いでも問題はない。

上に二部屋、下に二部屋。俺が借りるのは上の部屋で、隣は若い男の一人暮らし。下は、真下に一人暮らしのおばあちゃん、もう一つは大学生の男の人ということだった。

部屋は二間で、六畳、八畳。トイレは和式だけど、俺達が引っ越してくるまでに洋式に改造してくれるらしい。

別に二畳のフローリングのキッチンがついている。キッチン、というより台所って感じだけど。

とにかく、前に住んでいたアパートより広くて清潔だった。

当然、すぐに引っ越しを決めた。

疫病神のような両親がいなくなってから、俺達はツイてる。

あいつらが戻ってきても、もう俺達を見つけられないだろう。

ここで、俺は菊太郎と二人で新しい生活を始めるのだ。

冷蔵庫と炊飯器とオーブントースターとテレビと洗濯機は、前のおじいちゃんのものを貰えたし。

菊太郎の小学校がちょっと遠くなるのは可哀想だけど、本人がそれでもこっちがいいと言ってくれたから、大丈夫だろう。

何もかもラッキー。

そして、顔はおっかないけれど、実は優しい（らしい）お隣さんと親しくなれて、俺は本当にラッキーだった。

朝、起きて菊太郎と一緒にご飯を食べる。

大抵はパンかカップ麺だ。

菊太郎はそのまま小学校へ。俺は再び布団にもぐりこんで昼過ぎまで寝る。

布団はおじいちゃんのおさがりが貰えなかったので、ずっと使ってるぺちゃんこの布団だ。今度まとまったお金が入ったら、新しいのが買いたいけど、布団は高いんだよな。

お昼は給食があるから菊太郎のことは考えなくていい。自分の分は、チャーハンとかうどんとか、適当に食べて腹を膨らませる。

工務店に勤めている時には、髪は短くしろと言われて、定期的に床屋に行かなくちゃなんなかったけど、ホストの仕事はロン毛ＯＫなので、肩に髪がつくくらいまでになっても何も言われない。

散髪代が浮いて助かる。

菊太郎の髪は、俺が三ヵ月に一回切ってやっている。

もう何年もやってるから、まあまあ上手くなったと思う。

俺は直毛だけど、菊太郎はクリクリの巻き毛。伸ばしたら縦巻きロールになるかもしれないけど、試させてはくれなかった。

仕事に着ていくスーツは、持っていなかった。

買えと言われても買えないのだと事情を説明すると、店長さんが自分のを一着くれた。紫色のスーツと黒いワイシャツだ。

でも、俺にはどっちも大きかった。

「客に何か言われたら、貧乏で買えないんだって正直に言えばいい」

と言われたので、その通りにしたら、お客さんから新しいのを買うようにとお金を貰えた。

けど、こういう派手なスーツがどこで売ってるのかわからなくて困ってたら、先輩のケントさんがそういう店に連れてってくれた。

そこですごく綺麗なダークブルーのスーツを買って、領収書とお釣りをお客さんに渡したら、笑われた。

「お釣りはチップであげるわよ」

と言われて。

お店に来るお客さんはみんな優しい。

俺のお客さんは、みんな俺より年上で、先輩達のお客さんは、みんな先輩達に恋をしてるけど、俺のお客さんは俺のことを弟か息子みたいに扱って、可愛がってくれた。

だから俺は彼女達を『お姉様』と呼んでいる。

「お前の足りないところが、母性本能を刺激するんだろうな」

ということらしい。

アパートで掃除と洗濯を済ませたら、お店へ向かう。

出る時にちらっとお隣を見たけれど、辻堂さんが出てくる気配はなかった。

ま、当然だよね。

歩いて向かう駅前、俺の勤めるホストクラブは、小さい店だった。

駅前の大きなビルの地下に、バーやスナックなんかと一緒に並んで入っている。

廊下ははっきり言ってショボいんだけど、ドアを開けると世界が変わる。

暗い店内を照らすシャンデリア、入り口に飾られた大きな花。ふかふかのソファはワインレッドで、テーブルは黒。壁も何だかよくわかんない模様の落ち着いた色だけど豪華な感じがするもの。

外から想像できないほど広い。

カウンターはあるけど客は座らせない。客は必ずソファ席に案内される。カウンターは、俺達の待機場所だ。

出勤すると、俺はまずお店の掃除をする。

掃除機をかけて、カウンターやテーブルを拭いて、入り口の花のしおれたのを抜いて。

そうこうしてる間に店長が来て、先輩が来て、お店が始まる。

開店してすぐにやってくるのは先輩達のお客さんが多く、俺のお客さんはわりと遅くに来る。

「雫ちゃん、ご飯食べてる？」

今日来たのは、静香さん達だ。

静香さんと、春美さんと博子さんの三人は、同じ会社に勤めてるＯＬ。

俺はよく知らないけど、すっごく大きい会社らしい。

「きょうは何食べたの？」

「チャーハンと春巻き」

「何か食べる？　何でも頼んでいいのよ」

「うん、でもまず静香さん達のオーダー取ってからね。お仕事、お疲れさまでした」

「いいわァ、雫ちゃんの『お疲れさま』は愛がこもってて。うちの新人の遠藤なんてさ、『お疲れっすー』よ」

「何でイマドキの子って語尾を伸ばすのかしら。聞いてるとイライラしちゃう」

「イライラするっていえば聞いてよ。今日斎藤がミスってて、注意したのよ。そしたら『もっと早く言ってくださいよ』だって。『先輩が早く気づかなかったせいですよ』とか言って」

「何それ、酷い！」

三人は、ここで仕事の愚痴を思う存分ブチ撒ける。

俺は会社員になったことがないからよくわからなくて、聞き手に回ってばかりだ。

でもそれがいいらしい。

知ったかぶりで『それはこういうことかも』と言われるのが嫌なのだそうだ。

女の人は、答えを求めてるわけじゃないから、それが正解だ、と言ったのは先輩のセイヤさん。

女の人は、ただ聞いて欲しいだけなのだそうだ。

でもちゃんと聞いてないとダメで、最終的には彼女達が正しいと言ってあげるべきらしい。

「ねえ、酷いと思わない？」

と訊かれたら、「思う」と答える。

それはセイヤさんの言葉にしたがったわけじゃなく、自分でもそう思ったからの答え。

「他人のせいにするのは悪いよね。博子さんには博子さんの仕事があるのに」

「でしょ？　そうよね」

酒を飲んで、話をして、二時間ぐらいしたら彼女達は帰ってゆく。

明日も仕事があるから。

その後にやってきたのは吉沢さん達だ。

吉沢さんと小林さんの二人は、近くでお店をやっていて、そこを閉めてから来店する。

吉沢さんは、最初に俺にスーツを買ってくれた人だった。

「菊太郎くんはどう？　勉強が好きだって、ちゃんと学校行ってる？」

「うん。勉強が好きだって、頑張ってる」

「ご飯はお弁当ばかりじゃだめよ？」

「はい。あ、でも今度から隣のお兄さんが夕ご飯食べさせてくれるんだ。俺が帰るまで菊太郎も預かってくれるの」

いいことなのに、吉沢さんはちょっと顔をしかめた。

「変な趣味の男じゃないでしょうね？」

「変な趣味？」

「ほら、今時は小さい子供を好きになる男っていうのもいるでしょう？」

「え、だったらいいな。菊太郎、可愛がってくれそう」

「そういう意味じゃないわよ。アブナイ人かってこと」

アブナイ……。ショタコンか。

俺は辻堂さんのことを思い出してみた。

顔がよくて、背が高くて、すぐ人を睨むけど、ご飯を食べさせてくれるし、菊太郎の面倒見てくれるし。ショタコンと聞いて吹き出した人。

「いい人だよ」

って言っていいだろう。

「雫ちゃんは誰でもいい人って言いそうだものね」

「そんなことないよ。俺は酔っ払って暴力振るう人は嫌い。最低だと思う。女の人に優しくできない男も嫌いだな。俺は絶対そういう男にはならない」

つい強く言いすぎて、俺はヘヘッと笑って頭を掻いた。

「暴力振るうほど腕力ないけど」

「大丈夫よ、雫ちゃんは優しい子だから、そんなことしないわよ。隣のお兄さんも、きっとあなたのそういう素直なところを見て、手を貸してあげたくなったんでしょう」

「あ、思い出した。ご飯食べさせてくれる理由は言ってた。俺達の部屋に前に住んでたおじいちゃんが亡くなったのに気づかなかったから、今度は後悔したくないからご飯食べさせるって」

それを伝えると、二人は顔を見合わせて「そういうことなら」と言った。

「あるわよねぇ、そういう後悔」

「生きてるうちに何かしてあげればよかったって思うのよ。生きてる時はやなババアだっ

たとしても」

「死んだの、おじいちゃんだよ？」

「うちのお姑（しゅうとめ）さんの話。本当に酷かったのよ」

彼女達も、ここに辛かったことを吐き出してゆく。

その気持ちは、よくわかった。

苦しい、悲しい、誰かに聞いて欲しい。もし口に出して『辛い』と言えたら、楽になるんじゃないか、と思う気持ち。

でも、家族や友達に言うと、心配されたり、とばっちりを受けてしまうかもしれないから、全然関係ない人間に訴えるのだ。

大変だったんだって。

そういう時に欲しい言葉も、俺は知ってる。

「頑張ったんだね」

それはずっと俺が欲しかった言葉だから。

今日の俺のお客さんは二組だけで、あとは先輩達のヘルプについた。

でも先輩達のお客さんは、俺がものを知らないと笑う。お疲れさまって言っても、疲れてないしって返される。

そんな時、俺は少し寂しい気持ちになった。

俺のお姉様達とはちょっと違う人種の人達。俺とも違う世界の人達。通じ合えなくても仕方がない。

だからなるべく笑って、お酒を作ったり、お皿を下げたりして、邪魔にならないようにした。

お店が終わると、いつものように駅前のスーパーで弁当を買って帰る。

今までなら、帰ってから菊太郎が寝てると、このうちの一つを食べてから寝ていた。菊太郎が起きていたら、菊太郎にはお茶か牛乳をあげて、少し話をする。

もうひとつのお弁当は菊太郎の分だけど、菊太郎がこれを食べるのは翌日の夜だ。

そりゃ一緒に食べたいけれど、それだと菊太郎がずっとお腹を空かせて待っていることになる。

なので、一個は冷蔵庫に入れて、夜、お腹が空いた時に食べるように言ってあった。

これで俺の一日は終わりなのだが……。

今日は違っていた。

ドアの前で深呼吸して、軽くノックする。

内側からカギが開く音がして、ドアが開く。

辻堂さんは、またタバコを咥えていた。

「こんばんは」

何て言っていいのかわからなくて、挨拶をする。彼は返してくれなかった。

「入れ」

「失礼しまーす」

一声掛けて中に入る。

今日は菊太郎は出てこなかった。

「菊太郎は？」

「ガキは寝かせた。帰る時に起こして連れて帰れ」

「はい」

昨日と同じように、テーブルに着く。

「メシは食わせてやると言ったのに、弁当買ってきたのか？」

「もしかしたら都合が悪くなってご飯出してもらえないかもしれないから、もし今夜食べなかったら明日の朝ご飯にすればいいし」

「見せてみろ」

「お弁当、食べる？」

俺はスーパーの袋を出した。

「朝からカツを食うつもりか」

「鶏肉のカツだよ。きょうはそれしか残ってなくて。あ、野菜が足りない？」

「そういう問題じゃない。チビから聞いたが、朝は菓子パンかカップ麺だそうだな」

「袋麺の時もあるよ」

「どっちにしろインスタント麺だ」

「うん」

「『うん』じゃねぇ。お前、料理はできないのか？」

「できるよ」

「じゃ、なぜ作らない？」

「作ってるよ。チャーハンとか、焼きそばとか」

「それは料理とは言わん」

「え？　料理じゃないの？」

彼は冷たい目で俺を見た。

あ、また怒ってる顔。

でもこの人は、この顔をしても俺を殴ったりはしないと思うから、そんなに怖くはない。

辻堂さんは前髪を軽く掻き上げた。

大きな手だ。

お店の先輩達もカッコイイけど、この人は先輩達と違うカッコよさがある。先輩達はキラキラしてるけど、この人は野性的っていうか、ザ・男の人って感じだ。

真っ黒な髪に細くてキリッとした眉(まゆ)、目尻(めじり)が少しあがってるから、怖いように見えるんだろう。

と、ここでまた俺の腹が鳴った。

「先にメシにするか。こっちに来い」

先に立ってキッチンに向かう大きな背中。ぴったりしたシャツから中の筋肉が見える。

「早くしろ」

もう一度呼ばれて、俺は慌ててキッチンに向かった。

「すごーい。綺麗」

ナベやフライパンもあるし、うちにはないような調理器具もある。ここもリフォームしたのか、白と黒のモノトーンですっきりしている。

「今から料理をするから、そこで見てろ」

「何作るの?」

「きょうはもう作ってある。説明してやるから、自分でも作れるようにしろ」

大きな冷蔵庫を開け、バットに入った何かを取り出す。

咥えていたタバコが短くなり、彼は傍らに置かれていた灰皿に吸い殻を捨てた。キッチンにまで灰皿があるんだ。よっぽどタバコが好きなんだな。

「これはインゲンとピーマンの肉巻きだ。薄切りの豚肉でインゲンや細く切ったピーマンを巻いて、市販の焼き肉のタレにつけておけばいい」

「作れないよ」

「簡単だろう」

「だって、うち、豚肉とか買わないもん。高いから。大抵は鶏肉しか買わない。豚だと焼きそばに入れる豚コマぐらい」

「ホストで稼いでるんだろ？」

「そんなに給料よくないよ。俺、そんなにお客さん付いてないし。それに、お金は貯金してるんだ。菊太郎の学費のために」

辻堂さんは突然、俺の頭をワシワシッと摑(つか)んでかき回した。

「な、何？」

「頑張ってるんだな」

あ、笑った。

すぐ元の無愛想な顔に戻っちゃったけど、今笑った。

……すっごくカッコよかった。

頭を撫でられて褒められたことで、何か嬉しくてドキドキする。

「教える料理は、お前んとこの経済状態を考えてやらなきゃな」

彼は再び冷蔵庫から、今度はホウレン草のゆでたのを出した。

「チャーハンが作れるんなら、ホウレン草ぐらい炒められるだろ。こっちで炒めろ」

「おひたしじゃないの？」

「ファミレスとか行ったこと……ないか」

「あるよ。ケントさんに連れてってもらった。ハンバーグ食べた」

「それじゃ、ハンバーグにも付いてただろう。バターでソテーして……」

「ソテーって何？」

「油で焼くことだ。フライパンを温めて、バターを入れる。少し溶けてきたらホウレン草を入れて焦げないようにソテー……、炒めろ」

俺にわかりやすいように、わざわざ言い直してくれた。優しい人だな。

辻堂さんの家のコンロは、三つ口で、左で俺がホウレン草を炒め始めると、右の方で彼が肉巻きを炒め始めた。

焼き肉のタレのいい匂いだ。

三つ目の奥のコンロにも火が点いて、おナベが温められる。

「それ、何？」

「みそ汁だ。野菜をいっぱい摂るには一番いい」

「みそ汁で野菜？　ちょっとしか入ってないじゃん」

「自分でいっぱい入れるんだよ」

うちでみそ汁っていうと、インスタントの一番安いヤツで、ビニールの袋に一食ずつ入ってるヤツのことだ。でもそれにはワカメが一枚とアサリだかシジミだかが一個入ってる程度で、野菜は入っていない。それでも『しじみのみそ汁』とかって書いて売ってるんだよな。ウソじゃないけど。

結構美味しいけど、汁だけにお金使うのがもったいない気がして、最近は買わないんだよな。

「ホウレン草はもう火を通してあるから、軽くでいい」

「じゃ、もうできた」

「どれ」

フライパンの中を覗こうとして、彼が身体を寄せる。

香水じゃないけど、何かいい香りがした。トニックか何かかな？

「いいだろう。火を止めろ。そっちの棚に茶碗が入ってるから、自分の食べる分だけよそえ。炊飯器はそこだ」

「はい」

何だろう。

いつも菊太郎に指示を出すのは自分だった。箸を出せとか、皿を出せとか。久しぶりにご飯の支度を命じられてるからだろうか？　まるで、自分が子供になったみたいで嬉しい気がする。

さっきは褒めてもらえたし。

「メシよそったら、テーブルで待ってろ。残りは持ってってやる」

「はい」

座ってるだけで、誰かが料理を出してくれる。

しかも俺のために作った料理を。

これはもうワクワクが止まらないでしょう。

「ほらよ」

大きなお皿に載った肉巻きとホウレン草。みそ汁用とは思えない大きなお椀に具がごろごろ入ったみそ汁。

「食っていいぞ」

「いただきまーす」

早速嚙み付いた肉巻きから、じゅわっと味が染み出る。ピーマンは嫌いだけど、焼き肉のタレの味があるから、苦味を感じなくて美味しい。

みそ汁には、里芋と大根とにんじんが入っていた。

「これ、みそ汁じゃない」

「みそ汁だろう」

「違うよ、これ、食べ物だよ。みそ汁って飲み物じゃん」

「具が多いだけだ。野菜を摂るのが面倒な時は、何でもみそ汁に入れて食え。それなら簡単だし、食えるだろう」

「うん、美味しい」

お腹は空いていた。でも腹が減ってるからって以上に、美味しいから箸が止まらない。

「今度、お前達の箸と茶碗を買わないとな」

「え？　買ってくれるの？」

「毎日食べに来るならあった方がいいだろう」

嬉しい、嬉しい、嬉しい。

俺と菊太郎の箸と茶碗だって。あるから使うとか、何かのオマケだから使うとか、そういうのじゃないんだ。

「……嬉しいのか？」

「うん。すっごく。誰かが俺のために何か買ってくれるって、すごく嬉しい。すっごく楽しみにする」

「高いもんは買わないぞ」

「うん」

俺は食事をかき込みながら改めて正面に座る辻堂さんを見た。

彼は、いつの間にかまたタバコを咥えていて、テーブルにあったカップに時々口をつけている。多分コーヒーか何かだろうけど、料理を作る前から淹れてあったんなら、もう冷たいんじゃないのかな。

それでも気にしないのは、飲んでるっていうより、口を湿らせてるだけなのかも。

髪の毛は固めてないから、さっき一瞬香ったのはシャンプーの匂いだったのかも。前髪も少し長くて、下を向くと、時々零れるのを手で掻き上げる。

耳にかかるほど長くないから、すぐに落ちてきちゃうんだろう。

眉は細いけど長い。睫毛は多い。でも切れ長の目だから、バサバサッて感じじゃない。

鼻は高くて、唇は薄いけど大きい。

いいなぁ。大人の男の顔だ。

俺は女顔なんだよな。母さんに似て。だから母さんが出てった後、親父がよく『あの女に似てきやがって』と殴ってきた。

　でもこの顔は嫌いじゃない。

　丸くて大きい目も、ぽてっとした唇も、お姉様達が可愛いって言ってくれる。この顔のお陰で仕事ができるんだ、と思うと大切な顔だ。

　髪の毛は菊太郎みたいにクリクリでもよかったのにって思うことはあるけど。

　その時、辻堂さんが顔を上げたので、目が合った。

「何だ？」

「辻堂さん、見てた。カッコイイなぁって」

「大した顔じゃない」

「カッコイイ人は自分でそう言うよね」

「お前だって可愛い顔してるじゃないか。……っと、男に可愛いは嫌か」

「ううん、嬉しい」

　そっか、辻堂さんは俺を可愛いって思ってくれてるのか。じゃ、やっぱりこの顔に感謝だな。

「チビは俺のことを色々訊いてきたが、お前は何も訊かないのか？」

「何訊くの？　下の名前？」

「何の仕事をしてるのかとか、金に余裕はあるのかとか。いつまで面倒見てくれるのかとかだな」

「それって、聞いといた方がいいこと？　あ、いつまでっていうのは大切か」

あ、笑った。

「気にならないなら別にいい。いつまで、は、まあ当分だな」

「菊太郎には答えたんでしょう？　じゃ、俺にも教えてよ」

「チビに聞け」

「ちぇっ……。でも仕事はわかるよ。コックでしょう？」

「何でそうなる」

「だって、ご飯美味しいもの。調理器具もいっぱいあったし」

「こんなのは大したもんじゃない。料理は趣味なだけだ。家で仕事をするから、自分で料理ができた方がいいからな。このくらいのものなら、お前だってすぐできる」

「え？　じゃあもっとすごいのも作れるの？」

「何でもってわけじゃないが……。何か食べたいものがあるのか？」

「マカロニグラタン！　昔一度食べたんだけど、すごく美味しかったから、菊太郎に食べさせたいんだ」

「お前が食べたいものじゃないのか？」

「俺は仕事で色々食べられるから。でも菊太郎は俺が買ってきたものか作ったものしか食べられないでしょ？　冷凍のグラタンとかも買ったんだけど、全然違うんだ。エビとかイカとか入ってて、あとホタテも入ってた。……あ、ごめん。高いよね」

「それぐらいシーフードミックス買えば大して高くもないが……」

「ホント？　じゃ、今度菊太郎に作ってあげて」

「お前は……、何でも菊太郎優先だな」

「うん。可愛いもん」

どうして、彼は笑うんだろう。そんなに優しく。

「みそ汁の残りはやるから、明日の朝はチビにそれを食べさせろ。マカロニグラタンは、まあそのうち作ってやる」

「うん」

ご飯を食べたせいかな、お腹だけじゃなく胸まで温かくなってくる。

きっと辻堂さんが優しい目を向けてくれるからだ。

ずっと睨むような視線しか向けられてなかったのに、今は見守るみたいな目で見てくれている。

そんな目で見られると、自分が小さな子供になったみたいで、甘えてもいいような気になってしまう。

でも忘れちゃダメだ。この人は別に俺の家族でも何でもない。いつか、もう来るなって言われたらそれでおしまいの関係なのだ。

そのことを考えると、せっかく温かくなった胸が少し冷たくなった。

「コーヒー飲むか？」

「ミルクと砂糖入れてくれる？」

「子供舌だな。牛乳でいいな？」

「うん」

「それ飲んだら、チビ連れて帰れよ」

「はい」

子供、と言われると嬉しかった。

半人前扱いはされても、子供扱いされることはなかったから。子供なら、少しくらいワガママ言っても許されるよね？

「牛乳たっぷりがいい」

そして、辻堂さんは「わかった、わかった」と、それを聞き入れてくれた。


「最近、雫ちゃん肌ツヤがいいわね」

静香さんが、いきなり俺の顎(あご)を取った。

「前はちょっと心配になるくらいパサパサな時もあったのに」

「そうなの？　自分じゃわかんないけど」

相手が女の人でも、顎を摑まれるってドキドキするな。暴力を振るわれるんじゃないかって。お姉様達がそんなことするわけないのに。

「雫ちゃんが綺麗になるのはいいけど、その理由が知りたいわ。化粧水とか使った？」

「け……、化粧はしません。化粧品って高いから」

「そうよね。じゃ何？　フカヒレとかスッポンでも食べた？」

「見たこともないよ、そんなの。あ、でもご飯はいいもの食べさせてもらってるかも」

「食べさせてもらってる？」

静香さんは手を離してくれた。

よかった。

「いいお客さんでも付いたの？」

俺は乱れた服を直した。

「ううん、隣のお兄さん」

「隣のお兄さんって、前に言ってた人？　菊太郎預かってくれてる、っていう」

「うん」

静香さんはなぜか博子さん達を振り向いた。

「それって、妄想物件？」

「まず顔よ。雫ちゃん。隣のお兄さんってイケメン？」

「うん」

女の人って、イケメンが好きなんだなぁ。三人は一気に盛り上がった。

「そこんとこ、詳しく聞きたいわ。ボトル、新しいの入れてあげるからお姉さん達に教えてくれる？」

「え？　いいの。同じのでいい？」

「ええ。ついでにホタテのカルパッチョとエスカルゴのアヒージョも追加ね」

「ちょっと待ってて」

立ち上がって、店長のところに行き、新しいボトルと追加オーダーを告げ、暫くテーブルに付きますと言って戻ってくる。

三人は、もう訊く気満々で俺のことを待っていた。

取り敢えず、三人に新しい水割りを作ってから、向き直ると、早速の質問ぜめだ。

「イケメンって言ったけど、どんなタイプ？　インテリ系？　ワイルド系？」

「ワイルドかな。体つきもいいし」

「それで、ご飯食べさせてくれる以外に何かしてくれた？」

「お茶碗と箸買ってくれた」

俺はその時のことを思い出して話した。

適当なものを買うって言ったから、百円ショップかな、と思ったら、菊太郎に学校から早く帰ってくるように言って、三人で駅向こうの雑貨店に行ったのだ。

何でもいいと思ってたけど、好きなものを買っていいと言うので、ダメ元で六百円もする金魚の柄のを選んだ。

白地に薄い青だけで綺麗な魚が描かれたヤツで、これは『わきん』だなって教えてくれた。

「『わきん』って知ってる？　普通の魚みたいだけど、古い金魚なんだって」

菊太郎とおそろいのそのお茶碗と、箸はシンプルな青一色のにした。菊太郎は緑だ。

「他は？　服とか買ってくれた？」

「まさか。そこまではないよ」

「でも何かもっとこう、色々としてくれたんじゃない？」

色々……。

作り置きのおかずくれたこととかな？

「自分が出掛けて留守にするっていう時は、カレー作って渡してくれた」

「料理スペック高いのかしら？」

「すぺっく？」

わからない単語を訊き返すと、「料理上手ってことよ」と笑わずに言い直してくれた。

静香さん達のこういうところが好きだ。

「うん、お料理は趣味なんだって。やっぱり料理上手な男の人ってモテる?」

「そうねえ。作れなくても、お料理するのは大変なんだってわかっててくれる人はモテるわね」

「そっか。辻堂さんも、俺によく料理を覚えろって言うんだよ。料理覚えると女の子にモテるぞって」

「辻堂さんっていうの? 隣のお兄さん」

「あ、これって個人情報?」

「名前ぐらいは平気よ、私達もベラベラ喋らないし」

「そうだよね。三人はそんな人じゃないもんね」

「で? その辻堂さんって彼女はいるの?」

一番遠い席にいた春美さんが、かけてるメガネを指で押し上げながら身を乗り出して訊いてくる。

やっぱりイケメンを狙(ねら)うなら、まずそこはチェックポイントだよね。

「いないんじゃないかな? 女の人の話は聞いたことがないし」

「男は? よく出入りしてる男の人とかいる?」

　三人もいるから、辻堂さんだけじゃなく、その友達もリサーチか。

「俺が行くのはいつもお店終わった後だから、わかんないや。友達って昼間会うもんでしょ？　あ、でも昼間行ってる菊太郎が誰か来たって話はしてなかったから、遊びに来る人はいないのかも」

　三人は頭を寄せ合って何かをコソコソ話した。

「シングル」

「イケるわ」

　丸聞こえなんだけど……。

「手を握られたり、抱き寄せられたりってことはない？」

「春美、具体的すぎよ」

「手を握る……？　あるよ」

「あるの？」

「今、簡単な料理を教えてもらってるんだけど、包丁の握り方が悪いって言って、握り直させられた。知ってる？　包丁って親指と人差し指の間の、このV字の真ん中に来るように握るんだって」

「それって、後ろから、こうされたってこと？」

　春美さんが隣の博子さんを背後から抱き締めた。

自分で自分は見えなかったけど、後ろに立たれてたから、多分そうなってただろう。

「うん」

返事をすると、また三人は頭を寄せ合った。

「私、実はケントと妄想してたの。だって、色々世話してくれたって言ってたから」

「あら、博子、それは間違いよ。ケントは絶対女好きだもの。私はマスター」

「マスターは年上すぎでしょ」

「あら、年上だっていいじゃない。そういうドラマもあったでしょ。ビジュアルはマスターだってイケるわよ」

マスターって、店長のことかな。

「私はレン」

「接点ないじゃない」

「いいのよ、それこそビジュアル優先ならやっぱりそこでしょ」

うちで一番売れっ子の先輩の名前が出たので、俺は訊いてみた。

「レンさん、呼ぶ？」

「あら、いいのよ。今日は雫ちゃんの話が聞きたいだけだから」

三人は、コホンと咳払い（せきばら）をして、座り直した。

背筋を伸ばして座ると、三人ともいかにもキャリアウーマンって感じだなぁ。自分の周りにはいなかったタイプで、頼り甲斐がありそう。

女の人に頼り甲斐があるなんて言っちゃいけないんだろうけど。

「隣のお兄さんに関しては、何かあったらすぐに私達に報告するのよ。いい人かもしれないけど、まだそんなに親しくなったわけじゃないんでしょう？」

「うん。でも辻堂さんはいい人だよ？」

「だったら、そのいい人の話を、私達にも教えて頂戴（ちょうだい）」

「ひょっとして、辻堂さん狙ってる？」

「そうじゃないわ。私達は雫ちゃんが心配なだけよ。私達の大切な癒（い）やしだもの」

「そうそう。雫ちゃんは私達にとって天然記念物的アイドルだものね」

それってどういう意味だろう。

意味はわからないけど、アイドルってことは褒め言葉だよね。

「俺にとっては、お姉様達のがアイドルだよ。一生懸命働いてて、いつも綺麗にしてるし。女の人のお化粧って、大変でしょう？　俺、この前他のお客さんから聞いたんだ。化粧水塗って、クリーム塗って、ベースカラーっていうの塗って、ファンデーションにアイラインにマスカラに口紅」

指を折って化粧品の種類を数える。

「あ、何かもっとあったけど、そういうの全部使って綺麗にしてるんでしょ？」

「厚塗りよねぇ……」

「どうして？　綺麗な人を見てると嬉しいよ。周りの人を幸せにするために頑張ってるんでしょ？」

「ウチの課の男どもに聞かせたいわ。化粧してりゃしてるでケバいと言うし、してなきゃ手抜きって言うんだから」

「セクハラよねぇ」

何だかシミジミとしちゃったな。

悪いこと言ったんだろうか？

「そうだわ。うちにもう使わなくなった化粧水があるから、雫ちゃんに持ってきてあげる」

「化粧水？」

「雫ちゃんに化粧をするのは似合わないけど、肌を綺麗にしとくのは大切よ。触り心地もよくなるし」

「触る？」

頬っぺたを突き出すと、三人に順番に触られた。

「やっぱ若いっていいよねぇ……」

「ハリが違うわぁ」

ため息をつきながら、手元のグラスを呷ったので、俺はすぐに新しいのを作ってあげた。

三人のうちの誰かが、辻堂さんとつきあうことになるのかな？

そうしたら一緒に可愛がってもらえるかも。

「さ、今度はお姉さん達の話を聞いてもらうわよ」

「うん」

それはいいことなのに、なぜかちょっぴり寂しかった。

ほんのちょっぴりだけ。

「おかわりが欲しいのか？」

じっとその顔を見つめてると、辻堂さんが言った。

「ううん。お腹いっぱい。今日も美味しかった」

今夜のご飯は、シャケのバター焼きと、厚揚げの煮たのと、納豆とみそ汁。みそ汁はタマネギのだった。

タマネギのみそ汁って初めて飲んだけど、苦手なタマネギが甘くて美味しかった。

「じゃ何を見てる?」

「辻堂さんってイケメンだなって」

褒めたのに、彼の顔が歪(ゆが)む。

もう慣れているので、怒ってるわけじゃないってわかるけど。

「何だそりゃ」

「今日ね、お客のお姉様達が隣のお兄さんはイケメンかって訊いたから。三人いるんだけど、三人とも美人だよ」

「俺には関係ないだろ」

「三人とも独身だから、きっと興味があるんだよ」

「お前目当てで来てる客だろう」

その言葉に、俺は笑った。

「俺は男扱いされてないもん。『天然記念物的アイドル』って言われた。意味わかる?」

辻堂さんが笑う回数は少ない。

なので、笑った顔が見られると、ちょっとレア感がある。

「言い得て妙だな」

「妙? 変なの?」

「上手いことを言うって意味だ」

「意味、教えて？」

「今時珍しい人間だから崇め……、好きだってことだ」

今『あが』って言ったけど、何か難しい言葉を言おうとしたな。

「褒め言葉だよね？」

「まあそうだな」

「静香さん達が会いたいって言ったらどうする？」

「何で知らない女に会わないといけないんだ」

「ガイシ系で働いてて、美人だよ？」

「だから何だ。俺は忙しい」

「俺と会ってるじゃん」

「お前は別だ。お前達は行儀がいいからな」

「俺、特別？」

「まあ特別だな」

思わずへへッと笑みが浮かんでしまう。

そうか、特別か。静香さん達みたいな美人のお姉様達よりも俺のがいいって。

「ね、辻堂さんって化粧水使ってる？」

「シェーブローションぐらいは使うが？」

「顔触ってもいい？」

俺はテーブルごしに身体を乗り出した。

手を伸ばすと、彼が身体を引く。

「何だよ」

「化粧水つけると、触り心地がいいって」

「それもお姉様達か」

「うん。肌触りがよくなるように、今度余ってる化粧水くれるって。だからどうなるのか使ってる辻堂さんの顔、触ってみたい」

もう一度手を伸ばすと、今度は逃げなかったので、そっとその顔に触れてみた。

大人の男の人の顔に触るのって、ひょっとしたら初めてかも。周りに大人の男の人はいても、顔を触ったことなんかないし、親父の顔なんて触れるわけがない。

辻堂さんの顔は、思っていたより硬くて、すべすべだった。これって化粧水のせいなのかな。

頬は柔らかいけど、目の下の頬骨を感じるのが俺とは違う。それに顎のところはチクチクした。

「くすぐってぇな」

「これヒゲ？」

「剃ったのは朝だからな、もうそろそろ伸びてるんだろ」

「朝剃ったのに？　ひょっとして毎朝剃るの？」

「当たり前だろ」

「俺、ヒゲない」

「二十過ぎてるんだから、少しははえてるだろ」

「はえたことないよ」

「どれ」

今度は彼の手が俺の頬に触れる。

俺は身体を伸ばしても手を伸ばさなければならなかったけど、辻堂さんは腕が長いから、身を乗り出した俺の顔に簡単に触れた。

彼はまたタバコを吸ってるから、タバコの匂いが強くなる。

硬い指先が当たったと思ったら、ひたりと手のひらが密着する。

「ふにゃふにゃだな。チビと変わんねぇじゃねぇか」

「そんなことないよ」

手は顎に移り、はえてないヒゲを探すように動いた。

「ホントにはえてねぇな」

「あん……っ」

するんと指先が顎の下を滑った時、何かザワッとしてきて変な声を上げてしまった。

「く、首のとこはくすぐったいよ」

「ああ、悪い」

文句を言ったのは自分なのに、手が離れてしまうと、ちょっと残念だ。

まだ首がぞわぞわしてたので、俺は自分の手で首を擦(さす)った。

俺、首弱いのかな。

辻堂さんは、器用にタバコを咥えたまま煙を吐いた。

「そういえば、お前、月曜が休みだったな?」

「うん」

「今度の月曜、空けとけ」

「どうせ掃除と洗濯しかしてないから、別にいいけど。どうして?」

「チビが行きたいって言うから、ファミレス連れてってやる」

「ホント?」

俺はテーブルを回って辻堂さんの隣に擦り寄った。

「ひょっとして、おごってくれるの?」

「連れてってやるって言うんだから、金を払えと言うわけないだろ」

「嬉しい。楽しみ」

寝転んでから、ハッと考えた。

「……おごらなくていいよ」

「ん？　ファミレス行きたくないのか？　だがチビは……」

「違う。行きたい。だから一緒に行く。でもお金はちゃんと払う」

「自分の金で弟を連れてってやりたいのか？」

「それもあるけど……。俺達辻堂さんにずっとご飯ごちそうになってばっかりで何にも返してないから。子供みたいに甘えさせてもらって、優しくされるのはすごく嬉しいけど、それに甘えてるとウザくなるでしょ？　俺、辻堂さんのこと好きだから、面倒だなって思われたくない」

「バカだな」

優しくされてつけ上がると、痛い目を見ることを、俺は知っている。

優しくされてるからって、それがずっと続くわけではないことも。

辻堂さんの手が、ポンと俺の頭の上に載った。

「能天気なだけの天然かと思ってたが、結構色々考えてるんだな」

優しい声。

いつものつっけんどんな感じと違う。

「お前は俺より年下なんだから、まだ甘えていいんだぞ。大金持ちってほどじゃないが、俺はお前より金持ちだしな」

「お金持ちの人だって、他人にお金を払うのは嫌でしょう？」

「最初は、お前達の境遇を聞いて、不憫だと思ったから助けの手を差し伸べた。ガキが二人で頑張ってるなら、メシぐらい食わせてやろうと思ってな。だが今はお前達が可愛いから、喜ばせてやりたいんだ」

　辻堂さんはバリバリと自分の頭を掻いた。

「全く、人とかかわるのは面倒だと思う方だったんだがな。メシ一つでそんなに喜ばれると、ついつい次も食わせてやりたくなる。その上、遠慮なんてされると、可愛くなってくるぜ」

「俺がバカだから、可愛い？　可愛いって菊太郎のことだけ？　菊太郎は子供だし、可愛いから」

「お前も可愛いよ。雫は、知識は足りないがバカじゃないだろう」

「でもみんな足りないって言うよ？」

「足りないのはその通りだが、足りないところは埋めることができる。菊太郎が小学四年生にしては老成してるからお前がガキみたいに見えるが、ちゃんと先のことを考えてるし、生活もしてる。立派な大人だ」

　その言葉に、じわっと涙が湧いてきた。

立派な大人、なんて言われたのは初めてだった。

いつも足りないとか、頼りないとか、半人前とか、他人より劣ると言われ続けてきた。でも自分でもその通りだと思ってたから、何とも思わなかった。思っていないはずだった。

子供でいた方が甘えられるし、半人前と思われてれば手伝ってもらえるんだからいいじゃないか、と。

でもそうじゃなかったのかも。

俺は自分が一生懸命やってることを、誰かに認めて欲しかったのかも。

「どうした、どうした」

じわっと溢れた涙が、ポロポロと零れてゆく。

「ごめ……。何だろ、俺、おかしい。大人って言われて嬉しくて……」

辻堂さんは俺を抱き寄せて、背中をポンポンと叩いた。

「せっかく大人だって褒めてやったのに、子供みたいだぞ」

顔を埋めた彼の胸も、タバコの匂いがする。

誰かから、こんなに優しく抱き締められたのは、子供の頃母さんにしてもらって以来だ。

温かくて、気持ちよくて、どんどん涙が溢れて止まらない。

「頑張ってたんだな」

辻堂さんは、俺に『初めて』をいっぱいくれる。

何も求めないでご飯をずっと食べさせてくれる。一度だけならご飯をおごってくれても、食事に呼んでくれたりする人はいなかった。

その食事だって、健康がどうのって言って、身体のことを気遣ってくれてる。

すごく優しくはないかもしれないけれど、ずっと態度が変わらない。俺がここにいることを当たり前のように接してくれる。

顔に触れたのも初めてだった。

褒められたのも初めてだった。

抱き締められるのも初めてだ。

「辻堂さん……、好き……。ありがとう……」

自分からも手を回して、彼に抱き着く。

こういうことをするのも『初めて』だ。

大きく広い胸は、温かくて、安心できて、心地よくて……。お腹いっぱいでお酒が入ってた俺は、鼻をすすりながら、ウトウトしてきた。

眠っちゃダメだと思いながらも、まぶたが重くなる。

「雫?」

すごく気持ちがよくて、抵抗できなくて、終(つい)に俺は眠りに落ちてしまった。

「仕方ねぇな……」

それを許してくれる彼の声を聞きながら。

ずっとここにいたいなぁ、と思いながら。


菊太郎を送り出してからとる二度目の睡眠時間。

いつもより早く目が覚めた。

以前は仕事から帰ってとる睡眠だけじゃ時間が足りなくて、菊太郎を送り出してから夕方までまた眠ることが多かった。

でも辻堂さんのご飯を食べるようになってから、二度目の睡眠がどんどん短くなってきていた。

辻堂さんにその話をしたら、栄養が足りてなかったんだ、と言われた。

インスタント食品ばかり食べてると栄養が足りなくて眠くなるのだそうだ。

菊太郎はそんなでもないのに、と反論したら、菊太郎は学校で給食を食べてるから、俺より栄養状態がいいらしい。

そういえば、菊太郎も最近朝の寝起きがいい。

前は仕事から帰ってくる俺を迎えようと、夜遅くまで起きてることがあったことも、寝起きが悪い原因だったのだろう。

それも、今は辻堂さんが自分の代わりに俺を迎えると思って安心しているのか、帰って来ても寝てることが多い。

辻堂さんのベッドの寝心地がいいからかもしれないけど。

いいよな、俺はまだ奥の部屋にあるベッドで寝たことがない。

奥の部屋は、寝室だった。

菊太郎を起こしに行く時だけ入るけど、部屋の半分を占める大きなベッドは憧れだ。

俺の部屋は襖で仕切られてるんだけど、辻堂さんの部屋はリフォームしてちゃんとした壁にスライドドア。だから防音もしっかりしていて、菊太郎が寝てる時に俺達が隣で話をしていても、菊太郎を起こすことはない。

うちなんか、メシ作ってると音で起こしちゃうもんな。

リフォーム、憧れるなぁ。

どれだけお金がかかるんだろう。

辻堂さんは、俺より金持ちって言い方をしたけれど、かなり金持ちだと思う。

リフォームもそうだけど、部屋にある家具もいいものだと思う。いつも食事をするテーブルの片隅に置かれたままのパソコンも高そうだ。

辻堂さん本人に答えてもらえなかった翌日、菊太郎に訊いたところ、『プロダクトデザイナー』という職業らしい。

『ぷろだくと』って何だかわかんないけど、それをデザインする仕事なんだろう。

元々は会社に勤めていたが、今はフリー。仕事が選べるくらい優秀で、過去の版権の使用料も定期的に入ってきてるらしい。

才能がある人はいいなぁ。

会社やお店に行かなくても、お金が入って。

でもそれを言ったら、菊太郎に注意された。

「仕事をしてる時の辻堂は、悩んだり電話で言い合いしたりしていたぞ。楽な仕事はないんだ」って。

それを聞いた時、俺はちょっと嫉妬した。

菊太郎は俺より長い時間辻堂さんと一緒にいるから、俺の知らない辻堂さんの顔を知ってるんだ。

俺ももっと色んな顔を見たいな。

辻堂さんは、他の人と違う。

今まで自分のそばにいた大人は、両親と菊太郎の母親と、勤め先の上司。

親父は俺を殴るし、母親は俺を捨ててって、菊太郎の母親は俺を無視した。

最初に勤めた電気工事の会社の人達は、俺を使えないやつとバカにしていた。他のバイトの上司とは、親しくもならなかった。

店で仲良くしてても、勤務時間が終わったらそれで終わりだ。

最後に勤めた工務店では、気のいい人達が多かったけれど、やっぱりあまり親しくはならなかった。

みんなが悪いわけじゃない。

最初の時に、親父が会社に迷惑をかけたことを覚えていたから、親しくなった人に迷惑をかけたら大変だ、と思って自分も近づくことができなかったせいだから。

今の店長はいい人だし、先輩達もちょっとバカにしたりするけどよく面倒を見てくれる。

けれど、お店の時間が終わったらそれで終わりなのは相変わらずだ。

もう迷惑をかける親父はいないけど、もう身体に染み付いていて遠慮癖はぬけない。

でも辻堂さんは、最初に誤解で怒鳴り込んだせいか、遠慮する前に近付けたって気がする。

それに、あの人なら、親父に勝てるかも。

いや、辻堂さんがケンカするとこなんて見たくないけど。

何か、そばにいると安心するんだよな。

ずっと一緒にいたいって気になって。

「ただいま」

菊太郎が帰ってきた声で、俺は考えを中断した。

「起きてたのか、雫」

「うん。最近はそんなに寝なくても大丈夫だから。……菊太郎、顔が赤いぞ？」

菊太郎はふらふらと奥の部屋へ行ってランドセルを下ろすと、ぺたんと座り込んだ。

「ん、ちょっと熱っぽい」

「大丈夫か？」

慌てて駆け寄って額に触れる。

熱い。

「熱、あるじゃないか」

何度くらいだろう。うちには体温計がないから測れない。

「慌てるな、雫。多分風邪だから、寝てれば治る。……雫の布団、入っていい？　後で自分の敷くから」

その言葉で、すごく辛いんだってわかった。

菊太郎はパジャマに着替えないで布団に入ることもないし、俺の敷きっぱなしの布団に入っていいか、なんて訊いてきたこともない。

菊太郎はちゃんと毎朝自分の布団は畳んでおくのだ。

「医者行こう」

「何言ってる。病院はお金がかかるんだぞ」

「バカ！　それで死んじゃったらどうすんだ！　金なんか稼げばいいんだ」

どうしよう。

近くの病院ってどこだろう。

もぞもぞと俺の布団に入った菊太郎を見て、胸がぎゅっと締め付けられた。

嫌だ。

俺のたった一人の家族なんだ。俺が生きてるのはこの子のためなんだ。この子がいるから、どんなことがあっても平気って思えるんだ。

その時、ふっと辻堂さんの顔が浮かんだ。

辻堂さんなら……。

けれどすぐに首を振ってその考えを打ち消す。

ダメだ。あの人に迷惑をかけちゃいけない。ウザイって思われたらそれで終わりになっちゃう。

メシは食わせてるけど、病気の子供の面倒まで見られるかって怒られるかも。

でも体温計を借りるくらいなら……。

「ちょっと待ってろ、菊太郎。すぐ戻ってくるから」

俺は部屋を飛び出し、隣の部屋のドアを叩いた。

この時間なら、菊太郎が行くってわかってるから部屋にいるはずだ。

思った通り、ドアはすぐに開いた。

「何だ、今日は早い……雫か。どうした？」

辻堂さんの顔を見た途端、また胸がきゅうってなる。

「あの……、体温計持ってるかな？　貸して欲しいんだけど」

「持ってはいるが。熱があんのか？」

熱い手のひらが俺の額に触れる。

「ないじゃないか」

「菊太郎が……。熱出して、服のまま俺の布団に入るくらいしんどいみたいで……」

言ってる間に声が震えてくる。

頼っちゃダメだって思ったろ？　我慢しろ。

「病院、連れていこうかと思ったんだけど、俺この辺りのことよく知らなくて。病院行く前に熱測った方がいいかなって」

辻堂さんは黙ったまま、俺の頭を軽く叩いた。

「部屋に戻ってろ。すぐ行く」

「体温計貸してくれるだけでいいんだ」

「いいから、戻ってろ」

強く言われ、すごすごと部屋へ戻る。

菊太郎は俺の布団に入ってはぁはぁ言っていた。

俺よりずっとしっかりしてる菊太郎の、こんなに弱った姿を見るのは初めてだった。

「菊太郎、大丈夫か？」

うっすら開ける目が、ぼやっとしてる。

「喉……、渇いた」

「待ってろ、すぐ水持ってくる」

急いでキッチンに行き、コップに水を入れる。

重病だったらどうしよう。

このまま治らなかったら。

悪い考えがどっと頭の中に押しよせてきて、手が震えた。

「菊太郎、ほら、水」

枕元に座ってコップを差し出すと、赤い顔で起き上がり、コップを掴む。菊太郎の手って、こんなに小さかったんだ。

そうだよな、こいつまだ小学生だもん。

どんなに大人びてたってまだ子供じゃん。

ガチャリとドアが開く音がして、辻堂さんが入ってくる。

彼は、一歩足を踏み入れたところで一瞬動きを止めた。

「こっち」

俺達がいるところがわかんなかったのかな、と思って声をかけると、そのまま奥に入ってきた。

「大丈夫か、チビ」

辻堂さんが来たので、場所を譲る。

「おう、辻堂。大丈夫だ。ちょっと熱くてぼうっとするだけ」

「熱測るからデコ出せ」

「ん……」

小さな手が、クリクリの前髪を持ち上げると、辻堂さんは見たことない小さな機器を菊太郎の額に向けた。

「七度八分か、ちょっと高いな。病院行くぞ」

「病院はいい」

「注射こわいのか？」

「病院、お金かかるから」

答えを聞いて、俺は怒った。

「お金なら気にするなって言っただろう！　『これくらい』の金があるから大丈夫だ」

「でも……、あれは雫が使うお金だ」

「そうだよ、俺の金なんだから俺が使うんだ！」

「大したことないって」

「死んだらどうすんだよ」

「ただの風邪だから」

「風邪で死んじゃう人だっているんだぞ！」

言い合いをしてる俺達の頭がガシッと摑まれる。

辻堂さんだ。

「黙れ」

低い声に、思わず二人とも口を閉じる。

「雫、保険証は持ってるのか？」

「はい。国民健康保険に入ってる」

「国民健康保険は義務だ。入ってる、じゃない。店の社会保険じゃないのか」

「マスターがナントカ保険に入れって言ったけど、二重に保険料は払えないもん」

「国保と社保は切り替えだ、二重じゃない。菊太郎がいるんなら扶養家族で社保の方が……」

「何？」

辻堂さんの言ってる事が全然わからない。

「国保だと家庭の人数分保険料を……」

「……よくわかんないよ」

「後で詳しく説明してやるから、とにかく保険証持ってこい」

「はい」

俺は立ち上がって、通帳と一緒にしまってある菊太郎の保険証を取りに行った。

ついでに『これくらい』用のお金が入ってるビスケットの空き缶から千円札を摑み出した。

「保険に入ってりゃ、診療費はそんなにかからない」

「でも……」

「長引いて重くなった方が金がかかるぞ。早く行って早く治せ」

「うん……」

「保険証、出した」

「バスタオル持ってこい」

「はい」

持ってきたバスタオルで菊太郎をくるむと、辻堂さんは菊太郎を軽々と抱き上げた。

「戸締まりと火の始末は確認しろよ」

「はい」

「おとなしくしてろよ、チビ」

「……菊太郎だ、辻堂」

「減らず口が叩けるんなら、大丈夫だろう」

不安でいっぱいだったのに、力強い辻堂さんの声を聞くと気持ちが落ち着いてゆく。

この人の言うことを聞いていれば安心だって思える。

辻堂さんは、俺を甘えさせてくれる大人だ。

俺を子供に戻してくれる人だ。

「お前が保護者なんだから、おろおろするな」

「はい」

子供扱いするだけじゃなく、一人前としても扱ってくれる。

辻堂さんがいなくなることは、菊太郎がいなくなるのと同じくらい嫌だな、と思った。

そんなふうに考えた人は、初めてだった。

また辻堂さんは、俺に『初めて』をくれた。

辻堂さんがスマートフォンで調べてくれた近くの小児科で診てもらうと、菊太郎はやっぱり風邪だった。

「小さい子はよく熱を出すからね。お父さんは気をつけてあげないと」

と言われて、辻堂さんは何ともいえない顔をしていた。

でも『他人です』とは言わなかった。

「熱さまし出してあげるから、十分に水分取らせて、消化のいい栄養のつくものでも食べさせて安静にさせときなさい。大したこたぁないよ」

診てくれたおじいちゃんの先生はそう言って笑っていた。

お医者様が大したことないって言うんだから、きっと大丈夫だろう。

ほっと一安心して、診察室を出ると、もうウトウトしている菊太郎を椅子(いす)に座らせて、彼は受付に向かった。

「待ってろ」

と言われたから待っていると、彼が財布を取り出すのが見えた。

「俺が払うよ」

慌てて駆け寄ったけど、「座って待ってろ」と言われてしまった。

でもここは負けない。

「菊太郎のお金は俺が払う。お金なら『これくらい』のお金持ってきてるから」

「ごちゃごちゃうるさい。いいから座ってろ」

デコピンされて、背中を向けられる。

俺、あんまり辻堂さんの負担になりたくないのに。負担が大きくなると、嫌われるかもしれないじゃないか。

帰りも、辻堂さんは菊太郎を抱いたまま、薬局で風邪薬を貰い、辻堂さんの部屋へ俺達を連れ戻った。

菊太郎に温めた牛乳と薬を飲ませてあの大きなベッドに寝かせ、俺には牛乳で淹れたコーヒーを出してくれた。

「買い物行ってくるから留守番してろ」

彼が出ていってしまうと、部屋は急に静かになる。

俺の部屋では、百円ショップで買った目覚まし時計の音がずっと響いているけれど、この部屋では時計の音がしない。

壁にも、彼がいつも座っている席の隣の棚にも時計はあるのに。

静かすぎて、せっかく消えた不安がまた頭をもたげてくる。

「菊太郎……？」

返事はなかった。

そっと寝室へ入っていくと、すやすやと寝息を立ててよく寝ている。

俺って、弱いなぁ。

何にもできなくて、何にも知らなくて。

今日だって辻堂さんがいなかったら、どうしてたんだろう。

俺が強くいられるのは、目の前で寝息を立てている、この小さな弟がいるからだ。

自分はお兄ちゃんなんだ、こいつを守らなきゃ、と思うから、『強い自分』を演じることができる。

辛いことや嫌なことがあっても、ヘコんだ顔をしたら菊太郎が心配すると思うから笑っていられる。

だからずっと、泣かずに生きてきた。

昔は泣いても仕方がないから、今は泣くと菊太郎が心配するから。

なのに、……。

「俺、辻堂さんと会ってから、よく泣くなあ」

前にマンガで読んだことがある。

転んだ子供が痛みを堪えて泣かずにいても、『大丈夫？』と訊かれると泣いてしまうのきっとそれと一緒だ。

泣いてもいい、弱くなってもいいって思うと、涙は出てしまうんだ。

菊太郎も、泣かない。

俺がもっと強くならないと、こいつも泣けないのかも。

ずっと菊太郎の寝顔を見ていると、ドアが開く音がした。

辻堂さんが帰ってきたのだ。

俺はそっとベッドから離れ、隣の部屋に戻った。

「お帰りなさい」

「今適当に何か作るから」

「お腹そんなに空いてないよ?」

「これから仕事だろう。腹に入れていけ」

言われて時計を見ると、もう五時近かった。

「いけない。ご飯食べてる時間ないや」

立ち上がると、腕を取られる。

「メシは食っていけ。店に電話して、弟が病気になったから、一時間くらい遅れると言えばいいだろう」

「でも……」

「電話番号がわかんないのか？」

「わかるけど、怒られないかな？」

「お前の言う通りの優しい店長なら、一時間ぐらい許してくれるだろう。そこの電話を使っていいから、連絡しろ。その間にメシを作ってやる」

いいのかな。すぐ来いって言われたらそうすればいいから、電話だけかけてみるか。

この時間だとまだ誰もお店にいないかもしれないから、俺は自分のスマホから登録してある店長のスマホに電話を入れた。

「もしもし、青木さんですか？　二川です」

電話はすぐに出てもらえた。

『雫か、どうした？』

「あの、弟が病気で、今、医者に連れてったんですけど。それで一時間遅刻しても大丈夫ですか？」

『弟って、小学生のか。大丈夫なのか？』

「あ、はい。風邪だそうです。薬も貰いました」

『何なら今日は休んでもいいんだぞ？』

魅力的な言葉だが、俺はその申し出を断った。

「病院代かかるんで、稼ぎます」

『そうか。わかった。じゃあ待ってる。一時間以上遅れてもいいからな』

「ありがとうございます。すみません」

俺は電話を切ると、キッチンの辻堂さんのところへ行った。

「一時間以上遅刻してもいいって」

「聞こえてた」

料理をしているから、彼は振り向かない。

この大きな背中に抱き着けたらなぁ。

「病院と薬のお金、いくらだった？」

それはできないから、入り口のところに立って話しかけ続ける。

「それはいいと言っただろ」

「だからこっちも払うって言ってるじゃん。『これくらい』の金があるからいいの」

辻堂さんが振り向いた。

でも俺のためじゃなく、電子レンジの音がしたからだ。これもうちのと違うんだよな。うちのはボタン二つとダイヤルしかなくて、チンッて音がするけど、ここのは大きくてボタンがいっぱいあって、ピーピーって鳴る。

辻堂さんは電子レンジから出した細長いプラスチックの箱の中から茹で上がったパスタ

を皿の上に取り出した。

……電子レンジでパスタできるんだ。

温めたレトルトのカレーをパスタの上にかけて、刻んだレタスをたっぷり散らす。

「持ってけ」

できあがったカレーパスタはいい匂いがした。

ご飯の匂いを嗅ぐと、お腹が空いていたことを思い出す。俺は一旦引き下がってテーブルに着いた。

カレーだけじゃ重たいと思ったけど、上に散らしたシャキシャキのレタスがそれを軽くしてくれる。

「お前、ずっと『これくらい』の金って言ってるが、どういう意味だ?」

テーブルの向こう側、いつもの場所に座った辻堂さんは、いつものようにタバコを咥えた。『いつもの』という姿にほっとする。

「『これくらいの』って時に使うお金」

「『これくらいの』って時?」

「お金持ってる人は、お金持ってない人の財布事情はわかんないから、『これくらいの金出せないのか』って言うんだ。ありませんって言っても信じてもらえなかったり、ビンボーだなって言われたりするから、そういう時に出すお金。貯金とは別に、必要な時に使えるお金を貯めてるんだ」

「初診料なんて、千円もかからん」

「だったら余計に払うよ」

「……わかった。甘やかしてばかりじゃ失礼だな。領収書を渡すから、支払ってくれ」

「うん」

よかった。

これで安心してご飯が食べられる。

「お前の部屋、何もなかったな」

「そう？　前のおじいちゃんが使ってたものを貰ったから結構あるよ」

「いつもここへ来る時は仕事用のスーツだし、菊太郎は新しい服を着てるが、今着てるのがお前の普段着か？」

言われて俺は自分の姿を見た。

ボロボロのデニムはダメージ加工じゃなくて、穿き古してこうなったものだ。Tシャツは何度も洗濯したから首もびろびろに伸びている。

「ちゃんと洗ってるよ。それにちゃんとしたところに行く時はスーツ着るし」

「自分の服は仕事着しか買わず、弟のだけを買ってるのか」

「だって、菊太郎、すぐ大きくなるから。その点、俺はずっとサイズ変わらないし。中学の時のジャージだってまだ穿けるんだよ」

「ホストで、お姉様達に可愛がられてるから、金回りも言うほど悪いもんじゃないと思ってたが、アルバイトなのか？」

「うん。俺、あんまりお酒飲めないし、バカだからお客さんそんなに付かないし。でも基本給二十万で、出来高払いなんだよ」

「家賃と水道光熱費と保険料、税金にスマホ代、それに菊太郎の給食費で半分は消えるだろう」

「そう。だから貯金が大変で。知ってる？　子供が大学卒業するまでに何百万もかかるんだよ」

「それを一人で貯めるつもりか」

「うん、頑張る」

どうして、辻堂さんは悲しそうな顔をしてるんだろう。

俺、悪いこと言ったのかな？

違うか。可哀想って思われてるんだ。

「俺ね、そんなに辛くないよ？」

それは寂しい。

同情されるのは嫌いじゃない。それは優しい気持ちだと思う。でもなぜか、辻堂さんに可哀想と思われたくなかった。

「一人だったら大変だけど、俺には菊太郎がいるし」

「弟がいなけりゃ、もっと楽な暮らしができるとは思わなかったのか？」

「……そんなこと、言わないでよ」

なんで、涙が出るんだろう。

「雫」

「菊太郎がいなかったら……、俺、一人になっちゃうじゃんか……」

パタパタと、涙が零れる。

「一人って、寂しいんだ。一人って、弱いんだ。一人って……」

初めて、辻堂さんが動いて俺のところへ来てくれる。

「すまん」

いつも定位置から動かない人だったのに、タバコを消して、俺の隣に来て、しっかりと抱き締めてくれる。

この前みたいに、ただ腕を回すだけじゃない。サバ折りするみたいにしっかりとだ。

「お前は頑張った」

優しい声。

「泣いていいんだぞ」

でも腕の力は弱まらない。

辻堂さんの腕の中は安心する。泣いていいって言われて、顔を埋めた胸に力強さを感じて、涙が止まらない。

「え……」

隣で菊太郎が寝てるのに。

「うぇ……っ」

声を上げて泣いてしまった。

「菊太郎は大丈夫だ。風邪の間はうちで預かってやる。雫も仕事に行かず、ここにいていいと言ってやりたいが、きっとそれはお前にとっていいことじゃないんだろう。自分が働いて、弟を守ってるって思うのが、お前の自信なんだな」

鼻をすすると、彼が動いてティッシュを取ってきて何枚も俺の顔に突っ込んだ。

「雫は、しっかりしてる。今までは一人で頑張ってきたんだろう。だがこれからは一人で何もかも背負わなくていい。隣に俺がいるだろ？」

「だって……、一人だもん……」

「俺がいるだろ」

「でも……」

「俺はお前の家族でも何でもない。だがお前に手を貸してやる、と言ってるんだ。お前と

チビが頼ってきたくらいで倒れるようなやわじゃない。身体も財布もな。雫は自分でできるとこまで頑張ればいい。だがもうダメだと思ったらここへ来い」

腕が少し緩んで顔を覗き込んできたから泣き顔を見られたくなくて顔を背ける。

だって、涙と鼻水でぐちゃぐちゃだったから。

「お前のスーツ、客が買ってくれたんだろう？　買いにいくのにつきあってくれた先輩もいるんだろ？　今日だって、店長は休んでもいいって言ってくれたんだろう？」

「言ってくれた……」

「さっき話した保険の話はな、普通、国民は健康保険に加入する義務がある。父親がお前達を扶養、つまり面倒見てれば親父が保険料を払ってくれる。だが親父は行方不明で今はお前が菊太郎と二人分払ってる」

「うん」

「だが勤務先で入る社会保険は、面倒見てる人間の分は支払わなくていい。つまり一人分浮く。だからマスターの勧める方の保険に入るべきだ。常時雇用者、正社員のことだな。簡単に言うと毎日先輩達と同じだけ働いていれば加入できる。社会保険は店側も負担してくれるから、より支払い額が少なくて済むぞ。社会保険を断ったのを受け入れたのは、お前がすぐ辞めるつもりと思ったか、親の扶養になってると思ったんだろう。今度社会保険に切り替えたいって言っとけ」

そう、なんだ。よくわかんないけど、店長は俺のために言ってくれてたんだ。

「最初っから頼る気でいたら嫌がるやつもいるだろうが、頑張ってればみんなが手を貸してくれるだろう」

「そんなに……、優しい人ばっかじゃないよ。辻堂さんや店長は優しいかもしれないけど、そうじゃない人も世の中にはいっぱいいるもん」

「そういうやつらは無視すればいい。人間はみんな同じじゃない。それぞれが違う。表面上は優しそうに見えても、そうでない人と、それが本質の人がいる。だからお前は人をよく見て、見極めるんだ」

「難しくない？」

「難しいさ。俺だってわからない」

「辻堂さんも？」

「他人のことが全てわかる人間なんていないからな。だがな、たくさん見つける必要はない。一人見つけられればラッキーと思う程度でいい」

「辻堂さんには……いる？」

「うん？　まあ何とか、な」

「俺にも見つかるかな？」

「俺がいるって言っただろう？　だから最低一人は見つけたってことだ」

「助けてって言ったら助けてくれるの？」

ティッシュで涙と鼻を拭いて顔を上げる。

「助けてやるよ」

優しく笑って、彼は俺の額にキスした。

偶然唇が当たっただけかもしれないくらいに軽く。

「お前はいじらしいな」

いじらしい？　いじらしいってどういう意味だろう？

「あ。いけない。仕事行かなきゃ！」

今のがキスかもって思うとムズムズして、俺は彼から離れた。

もう彼は俺を捕らえようとはせず、そのまま解放してくれた。

「しっかり働いてこい。菊太郎のことは心配するな」

「お願いします」

ペコッと頭を下げ、逃げるように部屋から出ていく。

後ろ手にドアを閉めると、そっとおでこに触れてみた。もう感触も残っていないけど、
確かに唇が当たったよな。

なんでだか、胸がドキドキしていた。子供にするみたいなもんだろうけど、キスって言葉にドキドキするんだな。

「助けてって言ったら、助けてくれるって」

言葉にすると、胸はドキドキよりほんわかしてきた。

自分にも、頼っていい人ができたんだ。

そんな日が来るなんて思ってなかった。

「へへ……」

それは、とても、とても嬉しいことだった。


お店に行くと、店長も先輩達もみんな心配してくれた。

「弟、家に一人で置いてきて大丈夫なのか？　お前なんか半人前なんだから、休んでもいいんだぞ」

半人前っていう言葉は悪い言葉だと思っていたけれど、優しく使われることもあるんだと知った。

「隣の人が見てくれてるから」

「入院とかじゃなくてよかったな。風邪だって？」

「うん」

「今日はあんまり酒飲むなよ。すすめられたら俺に言え、飲んでやるから」

いつもはそんなに優しい言葉をかけてくれないレンさんまで、そう言ってくれた。

嬉しくて涙ぐむと、みんなに頭をこづかれた。

「いい年して泣くな、バカ」

「そんな顔で客前に出るなよ。少し引っ込んでろ」

店長は、俺に温かいココアを作ってくれた。

「それで、弟くんはどうだったんだ？」

と、詳しく尋ねてくれた。

何も起きていない時、優しい人を見つけるのは難しいのかもしれない。何事もなければ、誰も何もしないから。

お腹が空いてない人に突然食べ物を差し出す人はいないってことだ。でもその人がとってもお腹が空いてるってわかれば、優しい人は食べ物を差し出すし、そうでない人は去ってゆく。

辛い目にあって、初めてその人の温かさがわかる。

そしてその温かさは、自分が『お腹が空いてる』と口に出さなければわからないんだということも、わかった。

「俺も子供がいるからわかるけど、小学校の四年だっけ？　まだまだ怪我や病気の多い年頃だから、気をしっかり持てよ」

　店長はそう言って慰めてくれた。

　今日は俺の客は一人だけで、前原さんというお姉様だけだ。

　なので、後は先輩達のヘルプに入って過ごした。

　帰りに、店長は余り物だから、とおかずを詰めたプラ容器のお弁当箱と、おつまみ用のチョコをくれた。

　それを持ってアパートへ戻ると、明かりの点いた部屋で、辻堂さんが待っていた。

　夕方から寝てたから、菊太郎も起きていた。

「食べやすいから、今日は鍋だ」

　初めて、三人でお鍋を囲んだ。

　白菜と肉団子が入った、やさしい味のお鍋だった。

　菊太郎の分は、先に別分けにした。風邪が俺に感染るといけないからと言って。

　それでも、三人で鍋をつつくのは幸せな気分だった。

　シメはおじやで、店長の持たせてくれたおかずと一緒に食べた。

　お腹がいっぱいになって、菊太郎は薬を飲んでまた眠り、辻堂さんはどこから出したのか、ベッドの横に敷いた布団で寝るらしい。

「お前も泊まってくか？」

と言われたけれど、俺は部屋へ戻ることにした。

ベッドは菊太郎に一人で使わせてゆっくり眠らせてやりたかったたし、辻堂さんだって俺が横に寝たら窮屈だろう。

帰り際、辻堂さんは明日は起きたらメシを食いに来いと言ってくれた。

「一人で食うメシは味気ないだろ。菊太郎も心配だろうしな」

幸せだ。

暗い部屋に戻って一人きりになっても、幸せな気分は消えなかった。

服を着替えて、簡単に風呂に入って。ペッタンコの布団に入っても。

ずっと。

こんな日々がいつまでもずっと続くといいなぁ。

そう思って、眠りについた。


気が付くと、季節は秋の終わりになっていた。

そろそろ寒いな、と思う日も多くなる。

菊太郎の風邪は、三日で治ったが、俺が心配でもう一日休ませた。

本人は不満だったようだが、辻堂さんがクイズの本を買ってくれたので、おとなしく休んでくれた。

菊太郎が登校できるようになると、生活はいつもと同じに戻る。

菊太郎を学校へ送りだし、家のことをやって、仮眠を取り、菊太郎が学校から帰ると俺は仕事。菊太郎は辻堂さんの部屋へ。

お店で働いて、辻堂さんの部屋へ帰る。

菊太郎は寝ていて、辻堂さんも菊太郎と食事を終えているので、食べるのは俺一人だが、辻堂さんは目の前に座って仕事をしていた。

ポツポツと語りかけてくれて、くだらない俺の話を聞いてくれた。

食事が終わると、菊太郎を連れて部屋に戻る。

途中で起こすのは可哀想だったけど、仕方がない。

そうして何日か過ぎた頃、辻堂さんが言った。

「今度の月曜は車を出すから、出掛けるぞ」

「辻堂さん、車持ってるの？」

「アパートの前に停まってるだろ」

言われてみれば、黒いジープみたいなバンが停まっていたことを思い出す。俺がここへ引っ越してきてから一度も動いてるのを見たことがないから、もう意識していなかった。

「どこに行くの？」

「チビが学校行ってる間に買い物して、戻ったら約束通りファミレスに連れてってやる」

菊太郎の風邪のせいでお流れになっていた約束。覚えてくれてたんだ。

「何買うの？」

「それは秘密だ。いいな？」

「もちろん！」

「ちょっと待て、これを持ってけ」

彼はビニール袋に入った新しいTシャツを三枚もくれた。

「仕事で貰ったノベルティのシャツだ。買ったもんじゃない。俺は着ないからやる。月曜はそれを着てこい」

「このスーツじゃダメ？」

「だめだ」

強く言われたので、本気のダメ出しだとわかった。

「もったいないとか思うなよ」

こちらの気持ちを読んだかのような一言に、素直に頷いた。

「ありがとう。嬉しい」

辻堂さんは優しい。

辻堂さんが好き。

辻堂さんの出してくれる、俺のためだけのご飯が好き。

彼の前で、あのご飯を食べると、心が温かくなる。

こういう気持ちって、何だろう。

優しい親父を知らないし、年上の兄弟はいないから、それに近いのかな。

うん、きっとそうだ。

貰ったTシャツを抱き締めながら、月曜を楽しみにした。


毎日が楽しくて、毎日が幸せ。

こんなに幸せでいいのかな、って不安になるくらい。

幸せだと思うのは、みんなが親切にしてくれるからだ。子供の頃に手に入れられなかった『優しい』をいっぱい貰えるからだ。

いや、子供の頃にも親切にしてくれた人はいた。

でもあの頃は自分のことに精一杯で、そのことに気づかなかったり気づいてもそういう人達にどうして返したらいいのかわからなかった。

今も、それはよくわからない。

今自分にできることは、真面目に働くことぐらいだろう。

「今度の月曜に、隣のお兄さんと買い物行くんだ」

静香さん達に自分のことをあまり話すなと言われたけれど、つい嬉しくて口が滑る。

「菊太郎と二人で？」

「ううん。買い物は二人。で、夜は辻堂さんと三人でファミレス行く」

「じゃあ買い物はデートね」

「デート？　男同士なのに？」

「二人っきりで出掛けるならデートよ。ねえ？」

「そうそう」

そっか、男同士でもデートって言うのか。

恋人同士しか言わないんだと思った。

「静香さん達は三人だから、デートじゃないんだね」

俺が言うと、三人は苦笑いしながらため息をついた。

「デートかぁ、暫くしてないわ」

「俺、初めて」

「え？　そうなの？」

俺の言葉に三人がいっせいにこちらを見る。

「彼女とかいなかったの？」

「いないよ。女友達なら中学の時にいたけど」

ずっと、生きてゆくのに必死だった。

彼女どころか遊ぶ時間もなかったのだ。

「ピュアだわ……」

「じゃ、これが初デートってことね？」

「うん。でもデートって映画とか観に行くものじゃないの？」

「映画に行くのが手軽だから、若い子なんかはそうでしょうね。でも私達は映画じゃ満足しないわね」

静香さんが言うと、博子さんが頷いた。

「素敵な夜景に高級レストラン、ホテルのスイートルーム。憧れよね」

「えー、私そんなの嫌だわ。二人で公園とか行って、ゆっくりしたい。静香さんは？」

春美さんの質問に、静香さんは、フッと笑った。

「どこで何がしたいと言ってる間は、まだ遊びよ。好きな人と一緒なら、どこで何をしても楽しいわよ。映画以外でも、買い物でも、食事でも」

静香さんは俺を見て、にっこりと笑った。

「だから、隣のお兄さんと楽しんでらっしゃい」

「うん、楽しむ。でもね、今は静香さん達との時間を楽しむ。四人だからデートにはならないけど、静香さんも、博子さんも、春美さんも好きだから」

三人は目頭を押さえて俯(うつむ)いた。

「他のホストが言うと営業だって勘ぐっちゃうけど、雫ちゃんが言うと本心だって思えるから染みるわ」

喜んでくれてるの……かな？

でも三人は俺に背中を向けて何かを話し込んでしまった。

「やっぱりこんなピュアな子で妄想は悪いんじゃない？」

「いいのよ、癒やしなんだから」

「そう、料金は払ってる。それに、実際がどうであれ、もう私の頭の中ではラブ決定よ」

「親切なオジサンかもよ？」

「いいの、言ったでしょ。実際は中年のおじさんが可哀想な子供を支援してるだけだとしても、私の頭の中ではイケメンが可愛い子にメロメロって感じなんだから」

楽しそうだな。

俺は三人に新しい水割りを作りながら、ふっと思い出したことを訊いてみた。

「盛り上がってるところに、ごめんね。静香さん、『いじらしい』ってどういう意味？」

「いじらしい？」

「人に言われたんだけど、意味がわからなくて」

誰に言われたか、は言わなかった。

変な意味だったら辻堂さんに悪いので。

「それ、雫ちゃんに向かって言われたの？」

「うん」

「わかるわ。ぴったりじゃない」

博子さんがそう言ったので、変な意味ではないみたいだ。『いじわる』と『いじらしい』が似てるから、ちょっと心配してたけど違うみたい。

「説明するのが難しいわね。いじらしいっていうのは、子供が頑張ってる姿とか、我慢してる姿に感動したり、助けてあげたいって思う気持ち、かしら？」

「へえ……」

そうか。

俺が頑張ってるから助けてあげたいって意味か。

ってことは、それを言った時、辻堂さんは俺を抱き締めてくれていたけど、それは子供だと思って抱き締めてくれてたんだな。

あの、キスかもしれないヤツも、子供に向けてなんだ。

「いじらしいっていい言葉だよね？」

「もちろんよ。あ、ありがとう」

静香さんはグラスを受け取ると、そのまま半分ほど飲んだ。

「デート、楽しかったらまた報告してね。私達、雫ちゃんが楽しい話をしてくれるのが嬉しいんだから」

「そうよ。潤いのない生活で、唯一の潤いよ」

「潤いって言えば、貰った化粧水使ってるよ。いい匂いがして気持ちよかった」

「効果あった？」

「わかんないな。でもちゃんと使ってる。ありがとう」

「じゃ、なくなったらまたあげようか？　もっと安いのになるけど」

「いいの？」

「いいわよ」

「嬉しい、ありがとう。お礼に何したらいい？」

「いいわよ、そんなの。でもそうねぇ、『嬉しい』って言ってくれればいいわ。何かしてあげるのはこっちの勝手だけど、それを喜んでくれるとしたらあげた甲斐があるから」

「わかった。嬉しいって言うね」

「嬉しくないことまで嬉しいって言わなくていいのよ？」

「はーい」

そうか、お礼は『嬉しい』って言葉でいいんだ。

親切にされたり優しくされたら、これからはちゃんと口に出してそれを言うように心掛けよう。

「それじゃ、追加オーダーしちゃおうかな。雫ちゃんも何か頼んでいいわよ」

「嬉しい、ありがとう。じゃ、ポテトサラダ」

「もっと高いものでもいいのよ？」

「うん、でも隣のお兄さんがご飯作って待っててくれるから」

「クッ……、ごちそうさま」

待ちに待った月曜日。

俺は菊太郎と一緒に起きて、一緒にご飯を食べた。

「今日は買い物から戻ったら、ファミレスだからな」

俺が言うと、菊太郎がワクワクした顔で頷いた。

「ん。楽しみにしてる」

「俺も。お姉様達から聞いたけど、何かしてもらったら、ちゃんと『嬉しい』って言うんだぞ。そうするとしてくれた人が喜ぶから」

「うん」

「それから、ありがとうもだ」

「わかってる」

菊太郎だけじゃない。俺もワクワクしてた。

ファミレスに、じゃなくて辻堂さんと二人で出掛けることが、だ。

初デートだもんな。

「買い物から何時に帰ってくるかわからないから、今日は図書室行かないで真っすぐ帰ってくるんだぞ」

「わかっている」

「もし辻堂さんの部屋にカギがかかっていたら、こっちの部屋で待ってるんだぞ」

「だから、わかってる。それより、雫こそ、辻堂の邪魔しないようにするんだぞ」

「何だよ、それ」

菊太郎は、もう袖が短くなった上着に袖を通した。

寒くなってきたから出してやったんだけど、そろそろ新しいのを買わないとダメかも。

「では、いってきます」

「はい、いってらっしゃい」

菊太郎を送り出してから、食事の後片付けをして、貰ったTシャツを取り出した。

新しいTシャツは長袖で、俺にはちょっと大きかったけど、グレイのシャツの正面に、空の写真がプリントしてあって、下に英語が書いてある、カッコイイデザインだ。

見てると、また嬉しさが込み上げる。

デニムはいつものだけど、Tシャツが新品だからダメージ加工に見てもらえるだろう。

上着はひじのところがちょっとテカテカになったスタジャン。

これはセイヤさんがくれたものだ。

捨てようと思ってるんだけどいるか、と言ってくれた。

何時に来いと言われなかったから、我慢できなくて着替えるとすぐに辻堂さんの部屋へ向かった。

朝の空気はまだ少し冷たさが残っていた。

「辻堂さん」

ノックをすると、ちょっとあってからドアが開く。

「おはよう」

「ああ、早いな。まだ店はやってないだろう。入れ」

「何時って言われなかったから」

中に入ると、辻堂さんはコーヒーを出してくれた。今日はミルクなしだ。

「今日、どこ行くの？」

「郊外の量販店だ」

「何買うの？」

「寝具一式だな。それと、服も」

『しんぐ』って何だろ？

「そこ、安い？　子供服も売ってる？」

「どうしてだ？」

「菊太郎の上着買ってやりたくて。あいつ、また大きくなったみたいで、もう今のヤツが小さいんだ」

「サイズ、わかってるのか？」

「もちろん。靴のサイズも知ってる。でも今回は靴はダメだな。上着って高いから」

「靴も小さくなってるのか？」

「菊太郎はそんなに運動する方じゃないんだけど、やっぱり体育とかするからかな、靴底が磨り減ってきてるんだ。あいつは何にも言わないけど、新しいの買ってやりたくて」

「お前のはいいのか？」

「俺は先輩達からお古が貰えるから。このスタジャンも貰ったんだよ」

「ひじのところが擦り切れてるじゃないか」

「でも温かいし、破れてるわけじゃないから」

「もっと寒くなったら何着るんだ？」

「マフラー。首に巻くだけで随分違うんだよ」

「そうか」

どうして辻堂さんは難しい顔をしているんだろう。

マフラーしないのかな？

俺もずっとしてなかったんだけど、古着屋で安かったから買ってみたら、温かさが全然違ってびっくりした。

それに、マフラーはサイズがないからいつまでも使えるので、菊太郎にはいいものを買ってやった。一生モノだぞって言って。

「まあ、予算内ならそれもいいか」

辻堂さんがポツリと言った。

「じゃ、そろそろ行くか」

「はい」

彼は一旦寝室に入り、ダークブラウンのブルゾンを着てきた。すごくカッコイイ。Tシャツ姿しか見てなかったから、新鮮だ。

部屋を出て、アパートの前に停まってる車に乗り込む。

「俺、タクシー以外の車に乗るの初めてかも」

「それじゃ、少しドライブするか？」

「ドライブ？　すごいデートっぽい」

「デート？」

「これ、俺の初デートなんだよ」

「デートか。それじゃ、楽しくしてやらなきゃな。シートベルト締めろ」

これまでも、幸せだと思っていた。

何度も何度もそう思った。

でも、今日はそれ以上に幸せな一日だった。

辻堂さんの運転で走りだした車は、見慣れた街を離れて行ったことのないところへ俺を運んだ。

車の中でも彼はタバコを吸うから窓を開けた。俺も窓を開けると、冷たいけど気持ちのいい風が入ってくる。

小さな商店が並ぶ広い道を進み、住宅街を抜け、最初に到着したのは大きな公園だった。

「買い物じゃなかったの？」

「ドライブっぽいところへ連れてきてやったんだ」

「『嬉しい』！」

その言葉を口にすると、彼は笑った。

ああ、やっぱりこれが正しい答えだったんだ。

二人で公園を歩いて、ドッグランという犬がいっぱいいるところを暫く眺めてから、今日の目的地に再出発。

見たことない大きな駐車場に車を停めて、巨大な建物の中に入る。

建物の中は、全部お店だった。

「ショッピングモールは後だ。先に寝具を見るぞ」

これがショッピングモールか。

ゆっくり見てみたかったけど、菊太郎にも辻堂さんの邪魔をしちゃダメだと言われたので我慢だ。

ただ歩くだけでも、ついキョロキョロしちゃうけど。

エスカレーターで上の階へ向かうと、生活雑貨がズラッと並ぶ大型店のフロアになった。

辻堂さんは前にも来たことがあるのか、どんどん進んでゆく。

到着したのは、布団売り場だった。『しんぐ』って布団のことか。

「どっちの毛布が肌触りがいい？」

「んー、こっち」

「どっちの色が好きだ？」

「青。俺、青好き」

俺に幾つか質問しながら、彼は商品の前にあるカードを二枚ずつ引き抜いて、店員を呼んだ。

カウンターへ行くと、伝票にさくさくと住所を書き込み、カードで支払いをする。

何げなくその伝票を覗くと、住所の欄が二〇一号室になっていた。

「え？」

届け先の名前も、辻堂さんではなく、『二川雫』になっている。

「辻堂さん、これ……」

俺は彼のブルゾンの裾を引っ張った。

「何だ？」

「これ、俺の住所と名前になってる」

「お前のだからな」

「なんで？　だって布団ってすごく高いんだよ」

「だから安いのしか買ってやれないけどな」

「そうじゃなくて、こんなの払えないよ」

「お前が払うんじゃない。俺が払うんだから大丈夫だ」

「なんで！」

思わず大きな声が出て、慌てて口を押さえる。

辻堂さんは支払いを済ませて、俺をフロアの隅へ連れていった。

「この間部屋を覗いた時に、布団を見たら夏掛けみたいに薄いのを使ってただろう。これから寒くなるし、あんなもんで寝てたらチビだけじゃなくお前まで風邪ひくぞ」

「そりゃ、あっちの布団は薄いし、そろそろ買わなきゃって思ってたけど……。でも辻堂さんが支払うのは違うよ」

「買ってもらってラッキーと言わないところが、お前らしいな。だがいいんだ、これは俺がしたくてしてることだから」

隣の部屋でおじいちゃんが死んだことがそんなにショックだったんだろうか。だから俺達が風邪ひいて、また同じことが起こったら嫌だと思ったの？

「プレゼントにしても布団は高すぎるよ」

「これくらいで驚いてどうする。今日はもっと買うぞ」

「もっと？」

「二人分の冬物の服と、靴、保存のきく食料も買ってくか」

「待って、待って、待って！　それおかしいって」

頭が混乱してくる。

「俺達の服を、どうして辻堂さんが買うの？」

「言っただろう、俺が買ってやりたいからだ」

ぐるぐるしてる俺の前で、辻堂さんは当然みたいな顔で言った。

「一緒にいるのにみっともないから？」

「いいや」

「もしかして菊太郎がねだった？」

「いいや」

「じゃ、どうして」

彼はちょっと上を向いて考えてから、また同じ言葉を繰り返した。

「俺がしてやりたいから、だな」

「わけわかんないよ、何で買ってくれたくなっちゃうの？　俺、何にもしてないのに」

「取り敢えずフードコート行くか」

「辻堂さん！」

「突っ立ったまま話してても面倒だ。メシは食ってきたんだろうが、コーヒーくらいは入るだろう。昼メシ前なら空いてるだろうから、そこで話そう」

説明してくれるというなら、ついていくしかない。

仕方なく、俺は彼について、最上階のフードコートへ向かった。

さっき買ったのは、マットレスと、敷布団と掛け布団と毛布が二組。しかも一番安いのじゃなくて、結構いいものを選んでたと思う。

値札は見てなかったけど、何十万もするんじゃないだろうか。相当な金額だよな？

毛布一枚買ってくれた、なら俺だって無邪気に喜んだだろう。

でも、こんなにたくさんじゃわけがわからない。

なのに俺ってば、初めて来たフードコートに舞い上がって、思わずイチゴミルクフラッペなんか買ってしまった。

彼はここでもおごろうとしたけど、断固として自分で支払った。

広いスペースに大きな長いテーブルと椅子。その周囲には個別の丸テーブル。辻堂さんは、人気のない、フロアの端っこにある丸テーブルに俺を連れてった。

「そんなもん食って寒くないのか？」

「食べたことないから食べたかったの」

ちょっと高かったけど、ここんとこ食費が浮いてたから、これくらいの贅沢は許されるだろう。

辻堂さんはコーヒーだけだ。

「説明して」

俺が詰め寄ると、彼はポケットに手を入れ、気づいたように何も出さずにコーヒーを一口飲んだ。絶対今、タバコ出そうとしたな。ここは禁煙なのに。

「簡単に言えば、お前達が可愛いからだ。色々大変だったのに、兄弟二人で健気(けなげ)に頑張ってる。健気ってわかるか？」

「いじらしいってこと？」

「まあそうだ」

やっぱり子供って思われてるんだな。

「俺は幸いにして金を持ってる。だが贅沢をしたいとは思わないし、今のところ何か買いたいってこともない。言うなれば余裕があるわけだ。その余裕で、可愛いお前達を少しでも幸せにしてやりたいと思ったのさ」

「それは……、すごく嬉しいけど、高価すぎだよ。俺、何にもしてないのに」

「してるさ。お前達が来るまで、俺は他人とかかわるのが面倒だと思ってた。前に勤めてた会社も、それが面倒で辞めたくらいだ」

「仕事、してないの？　ナントカデザイナーだって菊太郎から聞いたけど」

「プロダクトデザイナーだな。今はフリーで続けてる。幾つか当たったものもデザインしたんで、直接クライアントから仕事が来てる」

「クライアント？」

「依頼者、だ。色んな物を作る会社が、直接俺にデザインしてくれって頼みに来てるのさ。まあそれはいい。そんなわけで、仕事はしてるが何か楽しいことがあるわけでもなく、何となく暮らしてた。だがお前達と出会ってから、毎日が楽しかった。チビや雫の話を聞くのも、今日はどんなメシを食わせてやろうかと考えるのも。だからこれはその礼だとでも思っとけ」

「でも……」

「お前、クリスマスにプレゼント貰ったことあるか？」

「ないよ。菊太郎にはケーキ買ってあげるけど」

「じゃあ今までの分がまとめてきたと思えばいい。俺がサンタクロースだ」

「でも……」

「ずっと何でも買ってやるというわけじゃない。雫はちゃんと働いてるんだから今日だけのことだ。今日だけ、ワガママを言ってもいい、欲しいものをねだってもいい。俺がしてやりたいから、負担でも何でもない」

「……今日だけ？」

「ああ、今日だけだ」

一日だけならって思うけど、もうすでに相当なものを買ってもらって、これからまだ買うって言っている。それを手放しで喜んでいいんだろうか？

「そうやって遠慮するところも、可愛いな」

こんな時に笑わないでよ。

余計に頭がこんがらがっちゃうじゃないか。

「子供にアメ買うのとは違うんだよ？　布団も高かったし、服だって冬物は高いんだ」

「知ってるさ。だから買ってやるんだ。お前の稼いだ金は、菊太郎の進学資金に貯めとけばいい。今日だけは、何もかも忘れて、俺の好きなようにさせろ。マイ・フェア・レディなら、一流店に連れてくんだろうが、量販店ってところがせいぜいだけどな」

「マイ・フェア・レディなんて知らない」

「そういう映画があるのさ。ただし、お前のお姉様達に『買ってもらった』って言うなよ。変に思われる」

「変って自覚あるんだ」

「あるさ。自分でも、何でこんなにしてやりたいのかよくわからん。こんな気分になったのは初めてだ」

「おじいちゃんのことがショックだったから？」

「おじいちゃん？」

「俺の部屋に前住んでた」

「ああ、里村(さとむら)さんか。どうして里村さんの話が出てくる」

「だって最初の時に言ってたから。隣で死なれて、何にもできなかったから俺達が心配でご飯を食べさせるって」

辻堂さんは視線を泳がせた。

「うん、まあそうだ。だから今度は嫌ってほど世話をやかせろ」

でもそのセリフは、なぜか『そういうことにしておこう』って言ってるみたいに聞こえた。

「さ、グズグズしてる時間はないぞ。買う物はたくさんある。チビが学校から帰ってくるまでに買い物を済ませないとな」

辻堂さんは立ち上がり、食べ終えてた俺のイチゴミルクフラッペが入っていたカップも持ってゴミ箱に捨てに行った。

本当に、いいのかな？

今日だけは、辻堂さんに甘えてもいいのかな？

俺にこんな幸せを受け取る価値があるんだろうか？

俺が『いじらしい』から、頑張ってる子供だからって、こんなにしてもらえるものなんだろうか？　世の中にはもっと困ってる人だっているのに。

「雫」

彼に、名前を呼ばれ、俺も立ち上がる。

こんなに大きな『親切』に何も返せるものを持っていない。『嬉しい』や『ありがとう』って言葉だけでも足りない。

だから俺は決めた。

この先、もしも辻堂さんが俺に望むことがあったら、絶対それを叶えてあげよう。どんな望みでも。

でも今は取り敢えず言葉だけを贈った。

「ありがとう……。すっごく、すっごく嬉しい」

彼のブルゾンの裾を引っ張って、小さな声で。


上着、下着、靴下、シャツにセーター、パンツと靴。

菊太郎に文房具とカッコイイ手提げカバン、俺にメッセンジャーバッグ。

たくさんのお菓子とレトルト食品と焼き肉のタレとドレッシングと顆粒ダシと、あとなんか色々なもの。

それらを全部車に積んでアパートに戻ると、予定時間を過ぎていた。

部屋で待ってた菊太郎を呼んで荷物運びを手伝わせると、菊太郎は大きな声で喜んで、踊った。

荷物を全部下ろしてから、上着だけ新しいのを着てこいと言われて着替えると、また車に乗せられて、今度はファミレスへ。

菊太郎は興奮して、メニューをじっと見たまま動かなくなってしまった。

「決められない」

あれも食べたい、これも食べたいと言うので、俺は自分が頼むものを分けてやるから、俺のも選んでいいよと言ってやった。

ファミレスはすごく嬉しかったけど、俺にとっては辻堂さんの作ってくれるご飯の方が好きだから、これくらい譲ってもいい。

「ファミレス行くって言ってたから、今日はパン残して持って帰ってきた」

と、お腹の方も準備万端だった菊太郎は、デザートまでしっかり食べた。

こんなに子供らしい菊太郎を見るのは、初めてかもしれない。

食事が終わると、菊太郎のために暫くドライブしてくれて、ライトアップした東京タワーを見せてくれた。

部屋に戻ったところでお別れだけど、部屋に入ってからも大変だ。

菊太郎は買ってもらったものを全部並べて、ずっと眺めていた。

「布団も買ったんだけど、配送頼んだから、届くのは明後日だ」

「布団も？」

「ああ。マットから何から全部だぞ」

昼を引き結んだまま、もぞもぞして、それからまた菊太郎は踊りだした。

我慢、させてたんだなぁ。

「明後日布団が届いたら、この古いのは引き取って処分してもらうからな。受け取ったら俺は仕事に行くんで、荷解きは任せたぞ」

「うむ、任せとけ！」

菊太郎はドンと胸を叩いた。

もちろん、その夜は興奮してなかなか寝てくれなかった。

翌朝は、新しい文房具のうちの一つだけを持って、学校へ行った。

「いっぺんに新しい物にしたら、自慢してるように見られるからな。それに前から使ってる物にも愛着がある。だから一つずつだ」

「もし誰かが『どうした』って訊いたら、親戚のおじさんに買ってもらったって言えよ」

「辻堂は親戚じゃないぞ？」

「今まで貧乏だったのに、突然新しい物を持っていくと、万引きしたのかって言うバカもいるから。いっぺんに全部持っていかないのは、お前もそれを心配してるんだろ？」

俺にも経験がある。

親父がパチンコで当てて、珍しく子供用の文具セットを景品として持ち帰ってくれた。クリスマスが近かったので、パチンコ屋でそういうキャンペーンをやってたらしい。嬉しくて、早速学校に持ってったら、お前みたいな貧乏人がそんなもの買えるわけがない、万引きでもしたんだろう、と言われて傷ついた。

「大丈夫だ。俺はいじめられたりはしてない。クラスで一番の悪ガキの宿題を手伝ってやってるから、からかわれることもない。パワーバランスは取れている」

菊太郎は難しい言葉を知ってるなぁ。

菊太郎が学校へ行くと、俺も買ってもらったものを並べてみた。あいつのことを子供だなんて言ったけど、俺だって同じようなものだ。さすがに踊りはしなかったけど。

新しいメッセンジャーバッグに物を入れて着けてみたり、出して眺めたり。お店用のスーツに合わないからお店には持っていけないけど。

出勤時間が来て、お店に行っても、うきうきした気分はおさまらなくて、店長に「なんかいいことあったのか？」と言われるくらいだ。

辻堂さんにいっぱい色々買ってもらったんです、と言えればいいんだけど。お姉様達に言うなってことは他の人にも言っちゃダメってことなんだろう。

なので「秘密です」としか言えなかった。

翌々日の昼間、お待ちかねの布団が届く。

古い毛布だけは何かの時に使うかもと残したが、布団は敷布団も掛け布団も引き取ってもらった。

ビニールのケースに入ったマットレスや布団が運ばれると、部屋に新しい匂いが満ちる。ビニールと布の匂いだ。

パッケージは、わざと開けなかった。

ワクワクするその作業は、菊太郎に譲ってやりたかったからだ。

菊太郎はいつもより早く帰ってきて、積まれた布団の山を見て目を大きく見開いた。

「布団！」

「開けるか？」

「開けていいのか？」

「もちろん。開けないと押し入れに入れられないだろう？」

「うん！」

ファスナーを開けて、マットレスを出す。毛布の手触りは余程気に入ったのか、暫く顔をスリスリしていた。

掛け布団にカバーをかけて、順番に押し入れにしまう。

しまってからも、菊太郎は押し入れの前をうろうろしていた。

「早く寝たいな」

「夜になったらな。辻堂さんのところに行くんだろ？」

「三時までは行かない。仕事をしているのだ」

ずっと家にいていつ仕事をしてるのかと思ったけど、在宅か。

「菊太郎は俺より辻堂さんのことを知ってるな」

「友達だからな」

その言い方にちょっとムッとした。

「俺だって友達だ」

どうしてそんな気持ちになったんだろう。

「新しい布団で寝るの、楽しみだな」

むふん、と菊太郎は鼻息を鳴らして期待の目を向けた。こいつには、俺と争う気持ちなんか少しもないんだ。

「そうだな、俺も楽しみ」

菊太郎に対抗意識を持つなんて、大人げなかったことを反省しながらそう言った。

本当に楽しみだったから。

その夜は、俺のお客さんは誰も来なかった。

俺を指名してくれるお客さんがいないと、給料がプラスにならないのでちょっとガッカリだ。

しかも、先輩のテーブルに付くと、邪魔にされたり無視されたり笑いものにされたりするので居心地が悪い。

その上、お酒を飲まないでいたら、ノリが悪いと無理にお酒を飲まされたりもした。

俺がヘルプに付いたジュンヤさんが気にして、帰りにラーメンおごってやろうか、と誘ってくれたが、弟が待ってるからと断った。

ホントは辻堂さんのご飯が食べたいからなんだけど。

ふらふらとした足取りで、いつもより時間をかけて帰る道。

アパートの前まで来て、辻堂さんのだとわかった車を軽く叩く。

階段を上って彼の部屋をノックすると、辻堂さんが迎えてくれる。

「飲んでるな」

「飲まされたの。仕事だもん」

中に入る時にふらついたら、彼が支えていつもの場所に座らせてくれた。

「大丈夫か？」

「大丈夫。俺、お酒強くないけど、抜けるの早いから」

呆れた、という顔をしながら、辻堂さんがコップに入った水を持ってきてくれた。

「メシ、入るのか？」

「入る。ジュンヤさんがラーメン誘ってくれたけど、断ってきたから」

「ジュンヤってのも先輩か」

「そう。ガテン系イケメンで、面白い人なんだよ。大阪出身で。前は大阪でジムのインストラクターやってたんだって。だから胸板すごいの」

「見たことあるのか？」

「シャツのボタン三つ外して見せてる。お客さんもすぐ触りたがるんだよ。俺とか全然筋肉ないから羨ましい」

「鍛えれば、お前だって筋肉ムキムキになるかもしれないぞ？」

「無理だよ。子供の頃の栄養が足りなかったから、大きくなれないんだって。それに、人に見せられない身体だから」

「何だそりゃ」

冗談だと思われて、笑われた。

「ヒンジャクなの」

だから俺は本当のことを言わなかった。

辻堂さんの笑顔が消えるのは嫌だったから。

「今夜のご飯、何？」

「ショウガ焼き」

「大好物！」

「じゃ、座って待ってろ」

辻堂さんがご飯を作ってるのを待ってるこの時間が好きだ。

ご飯って、大切だと思う。子供の頃は腹が膨れれば何でもいいと思ってたけど、菊太郎が来て、あいつと二人でご飯を食べてると、楽しいと思うようになった。

何か作ってやると喜ばれて嬉しかった。

ご飯を、誰かと食べると楽しい。そこらで売ってるものより、誰かに作ってもらった方が嬉しい。

ご飯を作ってもらうのを待ってる時間は、その人が自分のことを考えてくれてる時間だと思う。誰かから思われていることは嬉しい。

だから、ご飯は嬉しい時間だ。

そう思うようになった。

今も一人でかき込む時はあるけど、辻堂さんを前にしたり、菊太郎と一緒に食べたりするのとは違う。

「ほらよ」

テーブルの上にご飯とみそ汁と千切りのキャベツがたっぷり載ったショウガ焼きの皿が出される。

一緒に出されたのは何だろう？　豆腐とナスと豚肉を炒めたものかな？

「いただきます」

やっぱり美味しい。

「相変わらずいい食べっぷりだな」

目の前にいる辻堂さんが優しく微笑む。

いい時間だ。

「今日、布団届いたよ」

「知ってる。菊太郎はその布団で寝たいからって、今日は早くに戻ってったよ」

「え？　いないの？」

「ああ。今頃自分の布団でぐっすりだろう」

そうかぁ。すっごく喜んでたもんな。

「何かドキドキするね」

「ドキドキ？」

「寝てるだけでも、いつも隣に菊太郎がいるから三人だけど、今日は二人っきりなんだなって思って」

「俺と二人きりだとドキドキするのか？」

「うん、何となく」

「お前は『何となく』ってよく言うな」

「そう？　俺、何て言っていいのかわかんないことが多いんで、そのせいかな」

食事が終わりかけた時、菊太郎がいないなら、これを食べたら自分はすぐに帰らなきゃならないのだと気づいて箸が止まった。

「どうした？　腹いっぱいか？」

「ううん。食べ終わったら帰らなきゃいけないんだなって思って」

「別に、ここにいたいなら暫くいてもいいぞ？」

「ホント？」

「食後にカフェオレでも淹れてやるから、安心して食え」

「うん！」

もう少し残っててもいいと言われ、俺は一気に残りを片付けた。

お腹がいっぱいになったところで、彼がたっぷりの牛乳で作ったカフェオレを出してくれる。

一口それを飲んでから、ふっと思い立った。

「ね、ベッドに寝てもいい？」

「泊まってくのか？」

「そうじゃなくて、一度ベッドに横になってみたかったの。いつも菊太郎が寝てるの見て
て、すごく寝心地よさそうだったから」

「いいぞ」

俺は、奥の寝室にはあまり入ったことがなかった。

菊太郎を起こす時だけだ。

なのでその菊太郎がいないというだけで、何か特別な気がした。

「失礼しまーす」

「横になるなら、上着は脱げよ。シワになるし、酒の臭いがつく」

「はーい」

上着を脱いで床に置き、布団をめくって中に入る。

ふかふかだった。

うちの薄い布団とは全然違う。

「どうだ？」

後から来た辻堂さんが傍らに腰掛けても、傾きもしない。

「気持ちいい。すぐ寝ちゃいそう」

「……据え膳だな」

上から俺を覗き込んでいた辻堂さんがポツリと言った。

「どういう意味？」

答える代わりに、彼の顔が近づいてきて、鼻の先にキスした。

「満足したろ。出ろ。でないと襲うぞ」

「……襲うって、キスするってこと？」

「ああ」

「俺にキスしたいの？」

彼は少し困った顔をした。

「したいなら、してもいいよ」

「いいのか？」

「辻堂さんなら」

辻堂さんが俺にしたいことは何でもさせてあげたい。それに、ファーストキスが好きな人とできるなら嬉しい。

辻堂さんは、無言のままもう一度顔を近づけて、唇を重ね、すぐに離れた。

一瞬だったのに、身体がカーッと熱くなる。

「真っ赤だぞ」

「だって、初めてだもん」

「初めて？　ファーストキスか？」

「うん。柔らかかった」

照れ隠しで笑うと、もう一度キスされた。

でも今度はすぐには離れてくれなくて、押し付けた唇は俺の口を包み込むように塞いでゆく。まるで唇を食べようとしてるみたいだ。

唇に、唇じゃないものが当たる。

舌だ、彼の口から出た舌だ。

その舌が、開けろというように俺の唇に当たるから、俺も口を開けた。

途端にそれは中に入ってきて、口の中を好き勝手に動き回った。

ドキドキが、ズキズキに変わる。

ドキドキしてたのは胸だったけど、ズキズキしてるのは股間だ。

これ、ディープキスってヤツだ。テレビとかで見た時は、何で舌なんか入れるんだろうと思ったけど、こういうことか。

自分からも少しだけ舌を動かしてみると、彼は布団をめくって俺の肩を押さえた。

でも俺が軽く押し戻すと、すぐに離れてしまった。

「嫌だった……」

「苦しい！　息できない」

何で吹き出すの？　ホントに苦しかったのに。

「そういう時は鼻で息をするんだよ。嫌じゃなかったのか？」

そっか、鼻か。

「嫌じゃない。ドキドキして、ズキズキした」

「ズキズキ？」

「その……、下の方が……」

さすがに恥ずかしくて目を背ける。

だから、彼の手が自分の股間に伸びてきたことに気づかなかった。

「あ」

「半勃ちだな」

俺は慌ててその手を払いのけた。

「し……、仕方ないじゃん。俺、初心者なのに辻堂さん上手いんだもん」

「これ以上のことをしても、嫌じゃないか？」

いつもより、少し低い声。

視線を戻すと、間近に真剣な辻堂さんの顔があった。

「これ以上って……、セックス？」

「ああ」

「辻堂さん、セックスしたいの？」

「ああ」

辻堂さんも今のキスでズキズキしてきたのかな。

相手が男でも、その気になったら止まらないってこと？

「いいよ」

俺が相手でもいいなら。俺は辻堂さんのしたいことには何でも応えてあげる。自分ができることは何でもしてあげる。

「辻堂さんなら、何してもいいよ」

たとえそれが性欲処理の相手でも。

「雫」

名前を呼んでくれたってことは、ここにいるのが『俺』だってわかっててくれるんだ。

俺が役に立ってるんだと思うと、嬉しかった。

辻堂さんは傍らに腰掛けたまま、俺のワイシャツのボタンを外した。

「脱がなきゃだめ？」

「恥ずかしいか？」

「俺の身体、汚いから恥ずかしい」

鍛えても、逞しい胸板をお客さんに見せることができないのは、そのせいだ。

「これは……」

俺の胸のところと腹のところには、大きな傷があるのだ。

「子供の頃、親父に蹴られて、タンスの角で怪我しちゃって。医者に連れてってもらえなかったら痕が残っちゃったんだ。ごめんね」

「なぜ謝る」

「だって、綺麗な方がいいでしょう？」

女の人の代わりなんだから。いや、もしかして辻堂さんは男の人が好きなのかな？

「バカ」

それを訊く前に、彼がその傷痕にキスする。

「くすぐったい……」

「痛かっただろう」

「その時は。でももう全然痛くないよ」

「もう二度と、こんな傷は作らせない」

キスされたところをペロリと舐められる。やっぱりくすぐったい。

「傷あっても、平気？」

「ああ」

「じゃ、ちょっと待って。脱ぐから。このワイシャツ、明日も着てくんだ」

俺はぴょこっと飛び起きて、辻堂さんの横を抜けてベッドを下り、ワイシャツとズボンを脱いだ。

パンツはシワにならないからいいよね？

立ったままでいると、後ろから腕が回ってきて、俺の腰を抱き、そのままベッドへ引き戻した。

何も言わずにされる、さっきと同じディープキス。

さっきより、舌の動きは激しかった。

「キスが初めてなら、セックスも初めてか？」

「当たり前だよ」

「そうだな……」

唇は唇から離れ、頬に動き、耳にたどり着く。

耳たぶを甘く嚙まれて鳥肌が立った。

「ん」

手が、胸を探る。

ごめんね。おっぱいなくて。

でも手は気にせず胸を撫で乳首を摘まんだ。

乳首をグリグリされると、男なのに感じてしまう。摘まれて、先を爪でこすられると、ゾクリとする。

「ん……っ。つ……辻堂さん。俺……何すればいい？」

「何もしなくていい。このままじっとしてろ」

「わ……かった」

そうだよね。俺が何かしても感じるわけないもんな。

辻堂さんは、頭の中でどんな人を想像してるんだろう。その人に少しでも近いところがあるといいな。

耳にキスされる音が、大きく響く。

その音にざわざわする。

手が、俺の傷の上に移動した。

傷痕のところは皮膚がぷにぷにしてるからか、指は暫くそれを触っていた。再生された皮膚って、柔らかくて触り心地いいよね。そこは俺も自分でよく触る。

指はその後ボクサーパンツの縁まで下りて少しためらってから中に入ってきた。

「あ……っ」

他人に触られたことがない場所に、他人の指。

硬い指はそのまま俺のモノを握った。

「ん……っ！　そこ……」

「嫌か？」

「い……やじゃない……。あ……、あ……っ。気持ちいいから……困る」

「なんで困る？」

「だって……、すぐイッちゃう……」

言ってる間にも、弄られてどんどんそこに熱が集まって、ドクンドクンしてる。

勃起した先端に手のひらが当てられ、撫でられた。

「濡れてるな」

「だからぁ……、だめだって……。布団汚しちゃう……」

「それは困るな。少し我慢しろ」

この状態で？

それでも我慢しろって言うなら、我慢するしかない。

俺はグッと全身に力を込めた。

辻堂さんが手を抜いてくれたので、何とか我慢できた。

彼はそのまま布団を剝ぎ取って床へ落とし、自分もベッドから下りた。

もう終わりなのかな、と思ってたら、服を脱ぐためだった。

背中を向けてシャツを脱ぐ。

ジュンヤさんみたいにあちこち盛り上がってるわけじゃないけど、引き締まって綺麗な背中だ。傷も何もない。

なぜか、その背中を見ただけでまた胸がドキドキした。

ズボンも脱いで、パンツも脱いで、全裸になった辻堂さんがこちらを向く。

「寒いか？」

俺は首を横に振った。

さっきからドキドキして暑いくらいだったから。

「ならこのままでいいな」

今度は縦に振る。

辻堂さんは、ベッドに戻ると、俺の脚の上に座り俺のパンツを下ろした。

ピコン、と自分のモノが勃ち上がる。

見られるのが恥ずかしい、と思うと我慢がきかなくなって、俺は自分のモノを隠すように握った。

でもその手を取られて、外される。

俺の両方の手首を握ったまま、彼は身体を折って……。

「あぁ……っ！」

咥えた。

「や、ダメッ！　出ちゃう！」

熱くて柔らかいものにつつまれて、先から漏れてゆくのが自分でもわかる。

でも出しちゃダメだ。

辻堂さんの口の中に射精するなんて、絶対ダメ！

なのに彼は舌を動かしたり、吸い上げたりして、俺を責めてくる。

「ホント……、も……ダメ……。離れて……っ。出るよォ……」

「出していいぞ」

俺を咥えたまま彼が言った。

「だって辻堂さんの口……」

「いいから」

促すように軽く噛まれる。

「ああ…ぁ……っ！」

波打ってたものがドッと溢れ出す。止めようと思っても、もう止まらなくて、腰をヒク

つかせながら全部吐き出してしまった。

イッちゃった。

生まれて初めて他人の口の中に射精してしまった。

脱力して、ぐったりしてると、辻堂さんはベッドから下りてティッシュの箱を取り、何枚も引き出して、そこに俺のを吐き出した。

ティッシュが丸められて、ゴミ箱に捨てられる。

「俺も……する……」

「ん？」

「俺も辻堂さんの、する」

「できるのか？」

「する。だって気持ちよかったもん。気持ちよくしてあげたい」

俺が身体を起こすと、彼はベッドに戻り俺の正面に座った。

太腿（ふともも）まで下ろされたパンツは邪魔だから、俺も脱いでしまった。

やったことないけど、きっとできるはずだ。辻堂さんがしてくれたんだから、俺だってできる。……と思ったけど、ちょっと後悔した。

大きい。

俺のなんかよりずっと大きい。

彼のもうしっかり勃ち上がってるから、これが最大サイズなんだろう。それともこれ以上大きくなるんだろうか？

「無理しなくていいぞ」

「無理じゃない」

何でもするって決めただろ。

それに、辻堂さんのだと思えば、できる気がする。

すぐに全部口の中に入れるのは無理だから、舌を出して先のところを舐めた。

「……う」

小さい呻き声が聞こえた。辻堂さんでもココを舐められると気持ちいいんだ。

今度はもう少し舐めてみる。

舌触りは、思っていたよりすべすべだった。

今度は声は聞こえなかったけど、目の前のモノが動いた。

何か、そういう生き物みたいで可愛い。

怯む気持ちが消えたので、俺は勢いをつけて、一気にそこにかぶりついた。

すっごく太いソーセージを咥えてるみたいだ。しかも噛んじゃいけないから、しゃぶらないと。

口を開けっぱなしでしゃぶってると、ヨダレが出てきた。

それをすりながら、またしゃぶる。

「雫」

彼の手が俺の両頬(りょうほお)を捕えて離させた。

「もういい」

「でもまだイッてないよ?」

「いい」

「ちゃんと吐き出すから大丈夫だよ?」

「いいから、仰向けになれ」

「……うん」

仰向けになると、脚を開かされて、彼がその間に座った。

ケツに入れられるのかな。

あんなデカイの入るかな。

……すっごく痛そう。

いや、我慢だ。実際入れてる人が世の中にいるんだから、きっと大丈夫。

指が内股(うちまた)を撫でる。

またゾクゾクがやってくる。

指先が俺の尻(しり)の穴に触れる。

やっぱり入れるんだ。

思わずぎゅっと身体に力を入れると、指は離れていった。

「準備がないから入れねぇよ。力を抜け」

やっぱり入れるつもりだったんだ。

「んっ」

指はまた俺のモノを握り、扱いた。

さっきより乱暴に擦られて、またすぐに俺のも勃ち上がる。

「またイク」

「今度は一緒だ」

「いっ……しょ……？」

「手を伸ばせ。一緒に握ってくれ」

ひたっ、と彼のモノが俺のモノに当たる。

伸ばした手で、それを握る。やっぱり大きさが違うな。

彼の身体が近づくから、脚が大きく開く。その格好が恥ずかしい。

チンコ二本握ったのは、初めてだ。

他人のタマが当たる感触も、初めて。

他人に愛撫を受けるのも、初めて。

俺の初めてが、全部辻堂さんに捧げられる。

「あん…っ、あ……。い…っ、いい……」

俺は両手でグッとソレを握っていた。

辻堂さんは覆いかぶさってきて、またキスしながら、まとめた二本のモノを撫でたり扱いたりした。

「う…んっ、う…、ふ……。イク。またイク……ッ」

全身が心臓になったみたいに、バクバク言っていた。

布団をかけてないのに、肌は少し汗ばんでいた。

密着する辻堂さんの身体も少し湿っている気がする。

「あ……」

そう思って手に力を入れると、また辻堂さんの小さな呻き声が聞こえて、その色っぽさに俺は射精してしまった。

続いて、お腹の上に温かいものが零れてきた。彼のだ。

辻堂さんが、俺でイッてくれたんだ。

ふーっと長い息を吐いて、辻堂さんが身体を起こす。

手のひらに零れた二人分の精液を腹に塗るように撫でた。

「風呂、入るか」

「……うん」

すごく、いい気持ち。

セックスの快感じゃなくて、辻堂さんと『した』ってことが嬉しくてふわふわする。

起き上がると、ティッシュで腹を拭かれた。

「来い」

手を取られ、一緒に風呂場へ向かう。

風呂場に入るのは、初めてだった。

俺の部屋のは、玉ジャリみたいなタイルの床に四角いタイルが貼ってある、古い浴室だったけど、彼はここもリフォーム済みだった。

壁は一面だけ板張りで、残りは白いツルツルのプラスチックみたいなものだ。床もタイルじゃなくてツルツルで、シャワーがついていた。

先に入った辻堂さんはバスタブの横のツマミを回してから、蛇口をひねった。あれが栓なのかな。

シャワーを出して自分の身体を流し、俺を呼んで同じように身体を流した。

「シャワーいいな……」

「気に入ったなら使いにくればいい」

「菊太郎は使った？」

「いいや」

「じゃ、俺のが先だ」

軽く流してから、彼はシャワーのお湯も湯船に向けて、バスタブの中に入った。

「来い」

俺も中に入ると、同じ方を向いて重なるように座らされた。

背後から軽く抱き締められる。お尻に何か当たってる気がするけど、気にしないようにした。気にするとまたヤバイ感じになっちゃうから。

シャワーの音がする。

お湯が、ゆっくり溜まってゆく。

「気持ちいい」

俺はちょっと遠慮しながら彼に寄りかかった。

「嫌じゃなかったか？」

「全然。気持ちよかった。自分でしかしたことなかったから。辻堂さんも俺でイッてくれたし」

「俺がイクと嬉しいのか？」

「うん、役に立てたなって、安心した」

「役に立つ……？」

　俺は辻堂さんに何でもしてあげたかった。してあげて、喜んで欲しかった。だから今はとても嬉しいのだ。

「……お前、どうして俺に抱かれてもいいなんて思ったんだ？」

「ご飯くれたから」

　こんなに優しくしてくれた人は初めてだった。

　優しいってだけじゃない。そばにいて、こんなに安心する人は初めてだった。

　辻堂さんは俺にいっぱい初めてをくれた。

　こんな幸せな気持ちをもらった人も、初めてだ。

「メシを食わせて、色々買ってやった礼か」

「これ、お礼になる？」

　お礼っていうか、したいことをさせてあげたいってだけだったんだけど。

「……ああ。確かに受け取ったよ」

「そっか、よかった。俺でもお礼になるんだ」

「そうか……。お前はまだガキなんだな」

　辻堂さんは、俺の頭を撫でてくれた。

　セックスも気持ちよかったけど、こういうのも好きだ。

「俺は先に上がる。ゆっくり浸かってこい」

まだお湯はいっぱいになってなかったので、辻堂さんがいなくなったら、急にお湯が減ってしまった。

そのせいか、ちょっと寒く感じる。湯船を出た辻堂さんが、一度も振り向いてくれなかったせいもあったかも。

「服とタオルは置いておくぞ」

「はーい」

一人になっちゃったけど、せっかくのお風呂だからゆっくり入ろう。

お酒は、もうとっくに抜けていた。でも気持ちはまだふわふわして、酔ってるみたいだった。

辻堂さんの身体、綺麗だったな。

胸のところ、もっと触ってみたかった。

お湯が溜まってきたのでシャワーを止め、置いてあるスポンジとボディシャンプーで身体を洗った。

辻堂さんと同じ匂い。

シャンプーとリンスも、辻堂さんの匂い。

いつか、香水じゃないけどいい匂いがするって思ったのは、シャンプーの匂いだったのかも。

すっかり綺麗に洗って、ゆっくりお湯に入ってから出ると、ふかふかのタオルと寝室で脱いだ服が置かれていた。

まだビニールに入ったままの新しいパンツも。

着替えて脱衣所を出る。

辻堂さんはいつもの場所で、もうタバコを吸っていた。

「出たよ」

クッ、と顔が上がって俺を見る。

「そうか。じゃあ帰れ」

「え……？　あ、うん」

辻堂さんが立ち上がって、玄関まで見送ってくれる。

「雫」

名前を呼ばれ、靴を履きながら振り向く。

「はい」

「お前はもうここへ来るな」

一瞬、彼が何を言っているのかわからなかった。

「え？　し、仕事？　菊太郎も寄越さない方がいい？」

「チビはまだ預かってやる。だがお前はもう来るな」

……俺だけ?

「お前からの礼は受け取った。だからこれで終わりだ」

終わり……。

「もう十分買ってやっただろう」

ああ……。そうか。

もう終わりにするつもりだったから、あんなにいっぱい買ってくれたんだ。最後だと思ったから、あんなに幸せな気分にしてくれたんだ。

「ご飯……、もう食べに来ちゃいけないんだ」

「チビに持たせてやる」

「わかった。色々ありがとうございました」

靴を履き終えてドアの外に出て、振り返って、深く頭を下げる。

「ありがとうございました」

もう一度繰り返した俺の前で、ドアは閉じた。

カギのかかる音もする。

それでも、俺は頭を上げなかった。

上げられなかった。

涙が通路のコンクリートにポタポタと落ちて黒い染みを作るのをじっと見ていた。

俺、よくなかったのかな。

注意してたつもりだけど、甘えすぎたのかな。

最初から一回こういうことするために今まで親切にしてたのかな。

色んな考えがぐるぐる頭の中を回る。

いっぱい、いっぱい考えることはあったけど、強く残ったのはたった一つの感情だけだった。

悲しい。

ただ、それだけだった。


やっと動けるようになると、俺は近くの公園に向かった。

涙が止まらなかったからだ。

部屋に戻っても泣いていたら、菊太郎が起きるかもしれない。あいつにこんな顔、見せるわけにはいかない。

何があったのかって、心配されてしまう。

重たい足を引きずって、たどり着いた小さな公園は、植え込みに囲まれ街灯の明かりも届かず、薄暗かった。

ベンチもなかったので、ブランコの周囲を囲む柵に腰掛ける。

最初から、わかってたじゃないか。

人の優しさは永遠じゃない。いつかは『これで終わり』と言われる日がやってくる。

でも、辻堂さんは、辻堂さんだけは、そんなことはないと思い込んでいた。

可哀想な子に親切にしてあげてる自分に酔ってるような人ではなかった。

本当に俺のことを思ってくれてるのだと思った。

彼が作ってくれるご飯は、『普通』で、『普通』だからこそ特別だった。

俺を、『辻堂さんの普通』に招き入れてくれた、そんな気持ちにさせてくれた。

何の見返りも要求されなかった。

今日初めて、セックスしたいって言われて嬉しかった。

ああ、彼が俺に求めてるものがある。自分はそれを彼に与えられるって思って。何も持ってない自分にも、辻堂さんにしてあげられることがあるんだって。

「俺が入れさせてあげられなかったからかなぁ……」

辻堂さんのがおっきくてビビッたけど、嫌とは言わなかったのに。そうしたいならしてもいいって思ってたのに。

身体が強ばっちゃったから、拒んだって思われちゃったのかなぁ。

辻堂さんには、いっぱい、いっぱいしてもらった。

初めてのことをいっぱい教えてもらった。

ご飯を食べさせてもらって、布団や服も買ってもらった。菊太郎も見てもらった。

菊太郎が病気になった時は病院に連れてってくれた。

これ以上、何も望んじゃいけない。

ずっと一緒にいたかったけど、ドアは閉じられたのだ。

タバコを咥えて、怖い顔でこっちを見てる辻堂さんの顔が浮かぶ。その顔が時々笑顔になったことを思い出す。

さっき聞いた、小さな色っぽい呻き声も覚えてる。

でも……。

忘れなきゃいけないのかなあ。

俺は自分の手を見た。

幸せだった時間が、指の間から零れていってしまう。

一時だけでも、幸せだったことに感謝しなきゃいけないのに、また涙が出る。

手に入ってから失うのは、こんなに辛いんだ。

何も手に入らないのだと思っていれば、一人になることは大して寂しいことじゃなかったのに。

俺に掴める幸せなんて、ないのかなあ。

「大丈夫……。俺には菊太郎がいるもん」

菊太郎が来るまで、酷い生活だった。

生まれた時から酷かったけど、母親がいなくなってからは、もっと酷かった。

幸せっていう言葉も、考えられなかった。

学校では優しくしてもらえたけど、辛いことは一人で耐えなければならなかった。俺を慰めるものなんてなかった。

でも、菊太郎が来た。

『大丈夫か？』

『痛いのか』

小さな子供のクセに、オッサンみたいな喋り方をする子供は、殴られて怪我をしてる俺のそばに、いつも付き添ってくれた。

母親に捨てられても、親父達に捨てられても、俺には菊太郎がいる。

あいつを幸せにしてあげるのが、俺の務めなんだ。やりたいこと、やらなきゃならないことがある俺は幸せだ。

生きてる意味がある。

全てが指の間から零れ落ちても、菊太郎が残る。

そう言い聞かせても、頭のどこかで『辻堂さんと菊太郎は違う』と声がした。

与えられたものじゃなく、欲しいと思ったものなんだろう？　そんな人は初めてだっただろう？　と。

そうだとしたって、しょうがないじゃないか。

『終わり』って言われたんだから。

「ご飯……、もう食べられないんだ……」

涙は、明け方まで止まることはなかった。

悲しくて、悲しくて、悲しくて……。

ただ、ただ、悲しくて……。


「辻堂とケンカしたのか？」

あの夜から三日後、菊太郎が訊いた。

そりゃそうだよな。

あの日以来、俺は菊太郎を迎えに行かなくなっていた。

仕事が終わって部屋に戻ると、辻堂さんのスマホにメールを入れる。

『帰りました』の一言だけ。

そうすると、夕飯の弁当を持った菊太郎が帰ってくる。

そんな日が続いたのだから。

「俺……、辻堂さんに終わりって言われた」

「終わり？」

「うん。親切は終わりだって。だからお前もあんまり迷惑かけるなよ？」

「辻堂と俺は友達だ。迷惑なんかかけない」

「そっか、お前は最初に友達になったんだもんな」

俺はなれなかった。

そこが違うのかな。

「辻堂、ここんとこタバコの量が増えたし、パソコンばっか睨んでる」

「仕事、忙しいのかな？」

「わからん。仕事のことには口を出さないようにしてるから」

「大人だなぁ、菊太郎は」

彼の部屋で食べないというだけで、ご飯が美味しくない。

朝、こうして菊太郎と食べてる時はまだいいけど、昼間は何にも食べなかった。

夜に、菊太郎を寝かせてから、菊太郎が持ってきた辻堂さんの弁当を食べようとするのだけれど、一口、二口食べると泣きそうになった。

せっかく作ってくれたんだから食べなきゃと詰め込むけれど、前ほど美味しいと感じられなかった。

辻堂さんがいないからだ。

「昨日は友達という男が来てた。矢口（やぐち）という男だ」

「矢口『さん』」

「矢口とも友達になった」

「……羨ましい」

辻堂さんの友達と友達だなんて。

「辻堂は、俺にはまだ親切にしてくれるぞ。雫、辻堂を怒らせたんじゃないか?」

「かもしれない。だとしても、何で怒らせたかはわかんないから、謝れない。辻堂さんは『謝っとけばいい』って人じゃないから」

「うむ、そんなことしたらきっと怒る」

「だよな」

「それとなく、訊いてみようか?」

「できるか?」

「わからん。安請け合いはしない。でも探ってみる」

「じゃ、あんまり期待しないで待ってる」

「そのくらいが丁度いい」

菊太郎を送り出すと、俺は敷きっぱなしの布団に潜りこんだ。

やらなきゃならないことはいっぱいあるのに、やる気が起きない。

この布団が辻堂さんのプレゼントだと思うと、彼の代わりに温(ぬく)もりを求めてしまう。

これを買いに行った時は楽しかったなぁ、と思い出に浸ってしまう。

心に、大きな穴が空いたみたいだ。

辻堂さん……。

ずっと、ずっと、考えてしまう。

どうして突然終わってしまったのか。

今までだって、こういうことはあった。昨日まで優しかったけど、今日はもうよそよそしい。そういう時は、俺をウザイと思うか、使えないと思われた時だ。

でも辻堂さんは俺を子供のようだとは言っても、頑張ってるって、言ってくれた。いじらしいって言ってくれた。

なのになんでかなぁ。

俺はバカだから、いくら考えても全然わからなかった。

一週間が過ぎても、菊太郎から辻堂さんの『終わり』の理由は知らされなかった。

相変わらず俺は彼に会うことができなくて、『帰りました』以外のメールを送っても返事はない。

『帰りました』の報告だって、返事が貰えるわけでもない。

壁一枚向こうに辻堂さんがいるのに、顔を見ることができない。

こんなに寂しいと思うのは初めてだ。これもまた辻堂さんがくれる『初めて』。

でもこんな初めては欲しくなかった。

会いたくて、自分で料理を作って、おすそ分けだと持っていってみたけれど、ドアを開けてもらえなかった。

出掛ける音に気づいたら、慌てて自分も外へ出てってみたけれど、見られるのは背中だけ。声をかけることもできない。

彼の様子は菊太郎から聞くだけ。

今日は何を話した。

今日は何を食べた。

聞けば聞くだけ辛くなるけど、聞かずにはいられない。

自分の日常から『辻堂さん』がいなくなったら、こんなにも空っぽになるんだ。自分は『辻堂さん』でいっぱいになってたんだ。

空いた穴から、心が流れ出してゆく。

上手く笑えなくなってくる。

どうやって笑ってたのかを忘れてしまう。

「肌ツヤが悪いわ」

どんなに寂しくて、悲しくて、辛くても、働かないわけにはいかない。働かないと食べていけない。

なので俺はちゃんといつものようにお店で働いていたつもりだったんだけど、静香さんにそう言って睨まれてしまった。

「化粧水、ちゃんと使ってるよ？」

「そういう問題じゃなくて、表情も暗いわ」

「そうかな？　いつもと一緒だと思うんだけど」

「そんなことないわ。この前来た時も少しおかしいと思ったのよ。いつもの雫ちゃんの笑顔じゃないんだもの」

春美さんにも睨まれる。

「そうかなぁ。ごめんなさい」

「なんで謝るの？」

「せっかく来てくれたのに、暗い顔って思わせちゃったから」

今日はお客さんが多くて、先輩達はそれぞれ自分のお客さんに付いていた。このテーブルは俺だけに任されている。

なのに、静香さん達を楽しませてあげられないのは、申し訳ない。

「弟くんに何かあったの？」

「ないよ。毎日元気に学校行ってる」

「じゃ、お金？」

「やだなぁ、俺ちゃんと働いてるでしょ？　あ、でも今は働いてないのか、楽しませられないから」

俺は笑ったのに、三人は顔を見合わせた。

「何かあったの？　私達でよければ相談に乗るわよ？　私達でダメなら、親切な隣のお兄さんに相談してみたら？」

静香さんのその言葉に、俺は泣きそうになった。

「雫ちゃん？」

泣くのを我慢して歪んだ顔に、三人が驚く。

「本当にどうしたの？」

「雫ちゃんが病気になったとか？」

俺は手で目を擦り、笑顔を作った。

「大丈夫。何でもない」

静香さんは、ため息をついて、俺の手を取った。

「無理に笑わなくていいのよ？　私達は作ったり無理したりしない、ありのままの雫ちゃんで癒やされてるんだから」

「そうよ、だから何か辛いことがあるなら相談してごらんなさい。これでもお姉さん達は頼りになるんだから」

「雫ちゃんの泣き顔は母性本能くすぐるけど、やっぱり笑ってて欲しいもの」

三人がいっせいに慰めの言葉をくれたので、また泣きそうになった。

「相談……、してもいい？」

「もちろんよ！」

「俺も、一杯貰っていい？」

「飲みなさい、飲みなさい」

三人に新しい水割りを作ってから、自分の分の水割りを作って一口飲む。

「俺……、親切な隣のお兄さん、怒らせたかもしれない。怒らせたって思いたいだけかもしれないけど」

「辻堂、だっけ？」

「うん、辻堂さん。もう終わりだって言われた」

「終わり？」

「親切は終わりだって。もう十分してやっただろうって」

また一口水割りを飲む。

濃く作ったつもりはなかったけど、アルコールで喉が焼ける。

「親切が終わりでもいいんだ。でも会えないのが辛くて」

「泣くほど辛いの？」

博子さんの質問に頷く。

「心に穴が空いたみたいに寂しい。でも、終わりって言われたから諦めないといけないし、しつこくしたくないし……。でも寂しくて……。あ、ご飯は作ってくれてるんだよ？弟に持たせて渡してくれんだ。だから親切にはしてくれてるん……だよね？」

「少し訊いていい？　その辻堂って人は、どうして突然『終わり』だなんて言い出したの？　その時何かしたり話したりした？」

あのことは言っちゃいけないことは俺にもわかるから、言葉が出ない。

「雫ちゃん？」

よく考えてから、俺は答えた。

「えっと……。お礼をした。色々親切にしてもらったから。その時は普通だったと思うけど、その後急に……」

「お礼を渡した後で、何かその人に言った？」

「何でお礼したのかって訊かれたから、ご飯食べさせてくれたからだって言った。そしたらガキなんだなって言われた。それでお風呂から出たら、もう来るなって」

「え、風呂？」

「あの……、お風呂借りたんだ。シャワーがあって、いいなあって思って。使いたければ使いに来ていいって言ってくれて」

そうだ。お風呂の中ではそう言ってくれてた。

あれって、また来ていいっていう意味だよね？

なのになんで、お風呂から出たら終わりになっちゃったんだろう。

「少し、わかった気がするわ」

静香さんの言葉に、俺は顔を上げた。

「ホント？」

「多分、だけどね。その辻堂さんって人は、お礼をプレゼントだと思ったのよ。でもご飯食べさせてくれたお礼だって言われてガッカリしたんじゃないかしら？」

「どうして？」

「お礼が欲しくてしたわけじゃないから」

「お礼とプレゼントは違う？」

「プレゼントは相手を想って贈るものだけど、お礼は見返りって思ったんじゃないかしら？　見返り欲しさに親切にした、と思われてたんだと思って怒ったんじゃないかな」

「嬉しかったから、お礼したのに……」

でもそうかもしれない。

ずっと見返りはいらないって言ってたのに、俺がお礼だなんて言ったのがいけなかったのかも。

「でも問題はそれだけじゃないわよね？」

「一番の問題は、会えなくなって泣いちゃうくらい寂しい雫ちゃんの気持ちよ」

春美さんが身を乗り出してきた。

「俺の？」

「そう。そこが伝わってなかったんだと思うわ。それが伝われば悪い気はしないと思うのよね」

「重いっていうのもあるかもだけど」

「博子」

春美さんは博子さんに肘鉄（ひじてつ）を食らわせた。

「ごめん、余計だった」

「重いって、何が重いの？」

「いいのよ、何でもないの」

二人がコソコソと話をしてると、静香さんがまた口を開いた。

「雫ちゃんは、辻堂って人に泣いちゃうくらい寂しいって言ったの？」

「言わない。だって、そういうのウザイでしょ？」

「じゃ、『重たい』は関係ないわね、博子」

「ごめん、失言だったわ」

俺はまたお酒を飲んだ。

お客さんを楽しませるのがホストなのに、こんなんじゃ、『働いてる』なんて言えないな。

「ありがとう、三人とも、変な話してごめんね。もう諦めるから大丈夫だよ。俺、諦めるの慣れてるんだ」

これで終わりにしようと思って、また笑顔を作って言ったのに、静香さんは俺の頬を摑んで俺をタコ口にさせた。

「諦めることに慣れちゃダメ」

「静香さん……」

「諦めなきゃなんないことは、世の中いっぱいあるでしょう。でもね、泣くほどのことは簡単に諦めちゃダメよ」

「雫ちゃんは、その人が泣くほど大切だっていうなら、努力しなかったら一生忘れられなくて苦しむのよ」

「博子、経験談？」

「うるさいわね。私はいいの。今は雫ちゃんのことでしょ」

頬を摑んでいた手が離れる。

「博子の言う通りよ。私達はいつも一生懸命なあなたが好きなの、諦めて作り笑いするのは見たくないわ」

「静香さん……。俺のこと嫌いになった？」

「そうじゃないわ。人生ではね、諦めなければならないことがそりゃあたくさんあるわ。忘れた方がいいってこともね。でも、泣くほど忘れられないことは、諦めずにまず行動してみるべきだと思うのよ。それでダメだったら、全力で謝って、諦めて忘れる努力をすればいい。何もしないのはダメよ」

諦めずに行動……。

「でもそれで嫌われちゃったら？」

「会えない今の状況と何が変わるっていうの？」

「それはそうかも……」

「辻堂さんって、雫ちゃんのこと『いじらしい』って言ってくれたんでしょう？　もしかしたら、当たっても砕けないかもよ」

春美さんは、なぜかキラキラした目で俺を見た。

「春美、あんたまた変な妄想を」

「妄想じゃないわよ。男ってそういうところがあるってこと。雫ちゃんが頑張ってる姿がいじらしくて手を貸したのに、見返りが欲しくてやったと思われてたのかと思ってヘソ曲げちゃうとか」

「ああ、それは言えるわね」

俺の話なのに、三人は別の方向で盛り上がり始めた。

「前に付き合ってた男もそうだったわ、『僕はそんなつもりでしたんじゃない』とか言って。ちょっと冗談で『仕事をスムーズに進めたいからそう言うんでしょ』って言っただけなのに」

「私もある。プライド高いのよねぇ、無駄に。違うなら『違うよ』って言えばいいだけなのに」

「私の時は仕事でこっちが先に成果をあげたら、君は俺がいなくてもできるよと言って、負けたのが悔しいのよ」

「仕事ができると女は生き辛いわ」

「そうよ、雫ちゃんみたいに素直に『すごい』って褒めてくれればいいのに」

俺は彼女達の会話を聞きながら、ちびちびとお酒を飲んだ。

当たって砕けるなんて、したことなかった。

だって、大抵のことは砕けるってわかってた。砕けるってわかってるのに当たることなんてないじゃないか。わざわざ当たって、嫌な思いをするくらいなら諦めた方がいい。

辻堂さんのことだって、しつこくしてわざわざ嫌われることはない。

『会えない今の状況と何が変わるっていうの?』

今、もう嫌われてるのかもしれない。だったら、当たってみてもいいの……かな?

さっき静香さん達が言ったみたいに、見返りを期待なんかしてなかったのに、俺がお礼だなんて言ったから怒ったのだとしたら、そうじゃないって言った方がいいのかな?

辻堂さんが俺を喜ばせてくれたように、俺も辻堂さんを喜ばせたかっただけだって。

終わりだって言われても、会いたい。

何もしてくれなくてもいいから会いたいって。

「あらやだ、雫ちゃんそんなに飲んで大丈夫?」

「あ、ごめんなさい。勝手に飲んじゃって」

「それはいいけど……」

「いいじゃない、飲みたい時だってあるわよ。飲みなさい、飲みなさい」

「ちょっと、博子」

「新しいボトル入れればいいだけじゃない。今夜は私も飲むぞ」

「昔のことを思い出したのね……」

「わかったわよ。付き合いましょう。四人でスカーッと飲むわよ！」

彼女達の勢いに乗って、俺も手を上げた。

「飲むぞー！」

お姉様達に少しだけ元気を貰って。


静香さん達は、いつもより遅くまで飲んでいた。

俺もそれに付き合って、いつもより多く、お酒を飲んだ。

お店が終わり、ふらつく足で家に戻る。

お店を出た時には、『当たって砕けてみようかな』と思っていた気持ちは、アパートが近づくにつれてだんだんと消えてしまった。

俺が余計なことして、菊太郎まで出入り禁止になったら可哀想だ。

今は嫌われてるほどじゃないかも、でも何かしたら本当に嫌われちゃうかも。

俺が手に入れられる幸せは、菊太郎という存在だけなのかもしれない。辻堂さんがくれたと思った幸せだって、簡単に消えてしまったじゃないか。

アパートの階段を上る足が重くなる。

部屋に入って『帰りました』のメールをする。

水を飲んでる間に、菊太郎が帰ってきた。

「はい、雫のお弁当」

眠い目を擦りながら弁当を渡して布団を敷き、もぞもぞと布団にもぐりこむ。

眠りに落ちる前に、菊太郎はポツリと呟(つぶや)いた。

「辻堂……、遠くへ行くって……」

え?

「菊太郎、今、何て言った?」

だが返事はなかった。もう寝てしまったようだ。子供って一瞬で眠るから。

遠くへ行く?

辻堂さんがいなくなる?

会えなくても、壁一枚向こうに彼がいると思うだけで何とか我慢してたのに、それすらなくなってしまう？　お弁当すら食べられなくなる？

嫌だ！

頭の中に大きな声が響いた。

そんなの、絶対嫌だ。

俺はすぐに部屋を出ると、隣の部屋のドアを叩いた。

「開けて！　開けて！　辻堂さん！」

行かないで。

俺を嫌いでもいいから遠くへ行かないで。

「開けてよぉ……」

ずっと、ずっと固く閉じていたドアが開く。

「何かあったのか？」

ああ……、辻堂さんだ。

「行かないで……」

「お前、酔ってるな？」

「遠くへ行っちゃやだ。嫌いでもいいからここにいて」

「何言ってるんだ？　近所迷惑だから、入れ」

「入っていいの？」

「外でわめかれるよりマシだ」

部屋の中に入れてくれた。

でも、奥に上げてはくれなかった。

玄関先に立ったまま、俺を見下ろしてる。

「それで、何があった？　今菊太郎が帰っただろう」

「うん。だから聞いた。辻堂さんが遠くへ行っちゃうって」

「北海道（ほっかいどう）行きのことか？」

北海道？

そんなの、海の向こうじゃないか。

「やだ！」

俺は目の前の辻堂さんに抱き着いた。

「雫、離れろ」

辻堂さんの手が俺の肩を摑んで引き剝がそうとしたけど、俺はタコみたいにしがみついて離れなかった。

「やだ。ごめんなさい。俺が悪いことしたなら謝るから、どこにも行かないで」

「メシが目当てなんだろ」

「ご飯作らなくてもいいから、何も買ってくれなくていいから、見えないところに行かないで。会えなくてもいいから、隣にいて」

頭の上でため息が聞こえる。

「お前は頼りになる大人が欲しいだけだろう」

「違う。大人なんて、今まで頼ってこなかった。俺が辻堂さんが好きだから、いなくならないで欲しいんだ」

手が、俺の頭を撫でる。

前と同じ優しい手だ。

「北海道へ行くのは仕事だ。引っ越すわけじゃない」

「本当?」

「ああ。だから帰れ」

「……やだ」

「雫」

「俺……、ここまで来たんだから、当たって砕ける」

「はあ?」

今しかチャンスはない。俺がこんなに勇気を出せるのも、辻堂さんが中へ入れてくれるのも、きっと今日だけだ。

「お礼したのは、辻堂さんを喜ばせたかったからだよ。見返りを期待されてると思ってしたんじゃないんだ。いっぱい、いっぱい辻堂さんに幸せを貰ったから、俺もあげたかったんだ。俺には何にもできないから、辻堂さんがしたいことをさせてあげたかったんだ。だから怒らないで」

「怒ってない」

「じゃ、なんで終わりなの？　何にもいらないから終わりにしないで」

「どうして？　俺が訊きたいくらいだ。見返りじゃないなら、どうして抱かれた？　キスは興味本位だろうが、寝ることはなかっただろう」

「辻堂さんがしたいって言ったからじゃないか」

「俺がしたいって言ったら何でもするのか？」

「するよ」

辻堂さんの言葉が一瞬詰まる。

「……どうして？」

「好きだからに決まってる！　他の人ならしない。どんなにお世話になったって、セックスなんかしない。辻堂さんだから、辻堂さんを喜ばせたいから、俺にできることをしただけだよ。辻堂さんなら、チンコ入れられてもいいって思ったくらい、辻堂さんが好きだから。女の人の代わりでも、男の人の代わりでも、性欲処理でもいい。俺で喜んでくれるなら」

「……ご飯くれたからって言ったじゃねぇか」

声のトーンが少し変わる。

拗ねてる時の菊太郎みたいな感じに。

「そうだよ。辻堂さんが、俺のためにご飯作ってくれたから、嬉しかった。俺達の健康を心配して作ってくれたからふわふわした。『ついで』じゃなくて、遅く帰ってくる俺のために温かいご飯を出してくれるから……」

泣きすぎて、息が苦しくなった。

気づいたら、涙と鼻水で顔はぐちゃぐちゃだった。

辻堂さんにつけちゃいけないと思って、顔を離す。でも手は離さなかった。

盛大に鼻をすすって、俺は言った。

「言っても無駄だってわかってるけど、お姉様達が当たって砕けてみろって言うから、言ってみる。俺……、すごく辻堂さんのこと好きだから、何にもいらないし部屋に入れてくれなくてもいいから、ずっと隣にいてください」

言い切ってから、顔を上げてみる。

目が合ったので、繰り返した。

「お願いします。隣にいてください」

「バカが……」

あ、やっぱりダメだったか。だよね。俺のお願いなんか聞く理由もないもんな。

「わかった……、ごめんなさい。うるさく……」

しがみついていた俺の身体に腕を回し、抱えるようにして部屋の中に連れ込まれる。

「靴脱げよ」

と言われたので足を使って靴を脱いで落とす。

「とにかく、涙とハナを拭け」

ポンッ、と座らされて、ティッシュの箱を渡される。

俺は鼻をかんで、涙を拭いた。

「終わりました」

「お前……、俺のことが好きなのか？」

「うん。ずっとそう言ってるよ。でも辻堂さんが俺を嫌いでもいいんだよ。人はそれぞれだから」

「嫌いだなんて言ってないだろう」

「でも好きって言ってくれたことないし、終わりだって言われたし……」

辻堂さんはバリバリと頭を掻いて、タバコを咥えた。でも火は点けなかった。

何も言わず、唇の上でタバコを動かして、また頭を掻く。

それから、顔を背けてポツリと言った。

「好きだ」

「何が？」

「お前のことが好きだ、と言ったんだ。雫が好きだから抱いたんだ」

好きって言ってくれたよね？

聞き間違いじゃないよね？

「そんなの……言わなかった……」

「言わなくてもわかると思ったんだ」

「言われないとわかんないよ！　俺、バカだし、誰かにセックスしたいほど好きなんて言われたことないもん！」

せっかく拭いたのに、涙が零れてくる。

「泣くな」

「無理……、嬉しいもん」

火の点いてないタバコをテーブルに投げ捨てて、彼が近づく。

「鼻水がたれてるとキスできない」

「拭く」

ティッシュに手を伸ばすと、俺が取る前に彼が取って俺の鼻を擦った。

「お前が好きだから、メシの代金に身体を許したみたいに言われて、ショックだった。

こっちは好きなのに、人身御供かよって」

「ゴクウ?」

「俺が好きなら、俺が好きだから抱かれたって言え。男心は傷つきやすいんだ」

訊き返した言葉を説明してはくれなかったけれど、キスはくれた。

「傷ついた？」

「ああ。あれ以上何かしてやってたら、物でお前を縛り付けることになるんだろうと思って、終わりにした。だがショックだったから、暫く顔を見たくなかった」

「俺はずっと会いたかった。また捨てられたかと思って、いっぱい泣いた。親父に捨てられても泣かなかったのに」

「そうか」

もう一度キスされる。

今度はちょっとだけ舌が入ってきた。

「……しょっぱいな」

ふっと笑った顔に、胸がキュンとする。

「俺……、気づいた。辻堂さんのこと、一番好き。ただの好きじゃなくて、キスされて嬉しいって思うような……、恋をしてる」

「『今』か」

呆れたように言われて、失敗したかな、と思った。

「ごめんなさい、あ、今のナシ」

「俺はもうずっと前からお前に恋してた」

「ウソ」

「嘘じゃない」

「いつから？」

「お前が『いじらしい』と思った時かな？　その細い身体を抱きたいと思った。今まで頑張ってきた分、守ってやりたいってな。もういいだろ。恥ずかしいから終わりだ」

怒ったような声。

でも怒ってるんじゃないんだ。

恥ずかしいってことは、照れてる？

辻堂さんが照れてる！

「辻堂さん、可愛い」

「何だそりゃ」

「好きってこと。男の人を可愛いって思ったの初めて。辻堂さんは、俺に初めてをいっぱいくれるね。人に甘えたのも、泣いたのもキスしたのも、セックスしたのも、他にも色々いっぱい初めてをくれた。今もキスしたいって初めて思ってる」

「キス、したいのか？」

「したい。いっぱい、いっぱいしたい。また触って欲しい。今度は最後まで一緒にお風呂も入りたい。またご飯も食べたい。何かをして欲しいって、はっきり相手に言うのも初めてかも」

「お前は語彙が少ないな」

「ゴイ？」

「使える言葉が少ないってことだ。そんなこと言うと、今すぐキスして抱いてやりたくなる。と、その前にメシか。待ってろ。今何か……」

立ち上がろうとした辻堂さんのシャツを摑んで引き止める。

「ご飯より、辻堂さんがいい。お店で少し食べたし、食欲ない。でも辻堂さんは足りない。会えなかったから、すぐ欲しい」

辻堂さんは中腰のまま固まり、俺を見下ろした。

無表情で、じっと俺を見続けてから、目を泳がせた。

「そうだな。俺も雫が足りない」

座り直して、またキスする。

キスは嬉しいから、黙って受けた。

「雫」

彼の笑う顔を見ただけで、もう胸がドキドキする。

さっきの拗ねた顔と全然違う、色っぽい顔だったから。

こんなにカッコイイ人が俺を好きだって言ってくれた。

そのことがまだ信じられなくて、まるで夢のようだ。

「お前で俺を満たしてくれ」

でももう疑ったりはしなかった。

手を伸ばしたら、ちゃんと辻堂さんに触れられるから。

「頑張る！」

俺の頭では、こんな幸せを想像できないはずだから。


「まず酒を抜け」

そう言って、彼は俺を風呂場に連れてってバスタブに突っ込んだ。

この前と一緒で、蛇口とシャワーの両方を使ってお湯を溜める。

「お前の望みの一つはこれで叶ったな」

辻堂さんも、一緒に入ってきた。

　この間は、背後から抱き締めてくれてたけど、今日は向かい合わせに入ってくる。なので、シャワーのお湯はずっと彼の肩に当たっていた。

　この間もこうして顔が見えてれば、自分が変なことを言ったってすぐわかったのかも。

　あの時は顔が見えなかったから、辻堂さんがムッとしてるのに気づかなかった。

　でも今日はちゃんと顔が見える。

「何だ？」

　俺の視線を受けて、彼が訊く。

「顔見てる。ずっと見てなかったから。やっぱり辻堂さんはカッコイイなぁ」

「どこにでもある顔だ」

「そんなことないよ。絶対カッコイイ」

　ずっと響く水音。

　この間と一緒。

「キスしてもいい？」

「……ああ」

　後ろによりかかっていた身体を起こして、前に手をついて顔を突き出す。

「自分から誰かにキスするの初めてかも。ヘタでも許してね」

「キスに上手いもヘタもないだろう」

「そうなの？　辻堂さんは上手いんだと思ってた」

目を閉じて顔を近づける。

唇より先に鼻が当たると、彼の方が首を傾けて避けてくれた。

唇がちゃんと唇に当たったので、安心して目を開ける。

「へへ……っ。キスしちゃった」

辻堂さんはなぜか怒った顔をしていた。

「ヘタだった？　怒ってる？」

「お前が可愛すぎて困ってる」

「俺可愛い？」

「ああ。舌出してみろ。もっと長く」

言われるままベロを出す。

「そのまま、引っ込めるなよ」

と言って、辻堂さんは俺の舌を舐めた。

「え……っ？」

口の外で舌が絡み合う。というか、俺の舌が一方的に舐められる。

何にも触れない。

身体も、腕も。

わずかに膝だけが当たってるけど、ただ突き出した舌だけが、動いてる。

変な感じ、と思ったら突然舌先に噛み付かれた。

「ん」

歯は立てられなかったけど、パクッと咥えられたまま舌が引っ張られて、そのままキスになる。

深く舌が絡まって、ドキドキしてきた。

「……やっぱり上手いよ……」

キスが終わって離れた時、俺は恨みがましく言った。

だって、離れた彼の顔が『どうだ?』と自慢げだったから。

「年の功だな」

「いっぱいすれば、俺も上手くなる?」

「かもな。だが相手は俺だけにしてくれ」

手が、俺の股間に伸びてくる。

手の行く先を見てると、大きな手のひらで自分のモノが包まれる。

言われる間にも、どんどんソコが硬くなるのがわかった。

「もう勃ってるな」

「キス、上手かったし、触られてるもん」

「中で出すなよ」

って、言ったクセに、手は俺を弄ぶ。

前に乗り出していた身体を、逃げるように後ろへ倒す。狭いバスタブの中では逃げることはできないんだけど。

「お……、俺も触る」

「いい。暫く俺に雫を堪能させろ」

「タンノー？」

「可愛いとこを見せてくれってことだ」

俺は後ろによりかかって、バスタブの縁をしっかりと摑んだ。

少し曲げた膝、開いた脚の真ん中に太い辻堂さんの腕。

「ん……っ」

握られて、優しく揉まれてる俺のモノ。

「あ……」

こんなの、耐えられるわけない。

「もうイク……ッ」

「早いな」

「触られるの、まだ二回目だもん。……それに、辻堂さんが触ってるかと思うと……」

「手を出せ、雫。自分で自分のをしっかり握ってろ」

「イッちゃダメ？」

「まだ、だ。我慢しろ」

彼の言葉には逆らえない。

好きって言われたけど、逆らったらそれが嫌いに変わるかもしれないという不安もあったけど、何より自分が彼に従いたかった。

「根元を強く握ってろ」

両手で、ぎゅっと根元を握る。

辻堂さんが脚を引っ張るから、尻が少しずれて身体が寝そべる。

彼の腕はまた俺の股間に伸びてきた。

今度は俺のモノじゃなくて、その下に触れる。お尻の穴だ。

指が、穴の周囲を撫でる。

「う……」

軽く押したり、周りをなぞったりするけど、中には入ってこなかった。

前を触られるよりは刺激が少ないから、少しだけ落ち着いてくる。

「入れる……の？」

「入れていいなら」

「いいよ。辻堂さんの大きいからちょっと怖いけど。……入れたら、俺、辻堂さんの恋人だよね？」

「入れなくたって恋人だ」

触られてないのに、その一言でズキンと来た。

「嬉しいのか。ココがヒクッとしたぞ」

「そんなトコで調べないでよ。嬉しいよ」

「調べてるわけじゃない。ほぐしてるんだ」

お湯で温められて、少しやわらかくなった場所に、指先が入る。

「う……っ」

変な感じ。

指は、先っぽだけ入って、すぐに出ていった。

「辻堂さんって、男の人が好きなの？　俺、知らなかったから、女の人の身代わりなんだと思ってた」

「付いてるモノがあるだろう」

「でも男って、穴があれば何でもいいって時があるって」

「……店の先輩か？」

「工務店のおじさん達」

湿気のせいか、彼が掻き上げた前髪が、オールバックみたいになって止まる。別人みたいで、ちょっとドキドキするな。

「ゲイというかバイだな、経験はあるが大昔だ」

「大昔って……、辻堂さんって何歳なの？」

辻堂さんがムスッとした顔になった。

「言わない」

「どうして？」

「オッサンに思われたくない」

「そんなこと思わないよ」

「会社でバイトの子にオジサンと言われたことがある」

「ショックだったんだ」

辻堂さんって繊細。

「親父、三十九歳だけど、それより上？」

「下」

「じゃ、オジサンじゃないよ」

「年の話はもういい。それだけ喋る余裕ができたんなら、こっちを続けるぞ」

「あ……っ！」

指が、また穴に触れる。

中に入って、少し動く。

「ん……っ」

何度もそれを繰り返されてるうちに、また変な気分になってくる。

「ふ……っ、ん……っ」

指が入ってくるのも、深くなった気がする。

「我慢するために握ってろって言ったんだ。自分でしろと言ったんじゃないぞ」

「だって……」

「ココが気持ちいいのか？」

「わかんないけど、何か変な感じ。辻堂さんの指が入ってるかと……思うと……」

口に出すとそれだけでゾクゾクッとして、ぎゅうっと、彼の指を締め付けた。

「一回出しとくか……」

立ち上がった辻堂さんがシャワーも蛇口のお湯も止める。

「出ろ」

「立てない……」

「ああ、そうか。ほら」

彼が手を貸してくれて、お湯から出る。

バスタブの縁に、外向きに座らされる。

背後から彼が手を回してきて俺のを握る。

「あ……」

お風呂の中で色々されてたせいもあって、少し弄られただけですぐにイッてしまった。

「出る……っ」

俺が射精すると、彼はまたシャワーを出して床に零れたものを流した。自分の手と、俺の股間も。

「よく洗ってから出てこい」

「もう行っちゃうの?」

「準備がある」

「最後まで一緒に入ってたかったのに」

「これから先がたっぷりあるだろう?」

これから先……。

辻堂さんと一緒にいる未来のことを考えてもいいんだ。

「わかった。次の楽しみにする」

彼が出ていってから、俺はこれでもかってくらい全身を綺麗に洗った。

きっと『する』んだと思って、お尻も、自分でちょっとだけ指を入れて洗った。

もう一度湯船に浸かり、ほかほかになってから風呂を出る。

「お湯、抜くの？」

と訊くと、「そのままでいい」と返事があった。

服、は着ない方がいいのかな？

下着もつけない方がいいのかな？

悩んで脱衣カゴを見ると、辻堂さんの服は残っていた。やっぱり裸のままのがいいみたいだ。

それでもやっぱりマッパは恥ずかしいので、タオルを腰に巻いて廊下へ向かった。

辻堂さんは暖房の効いた寝室で、すでにベッドの上にいた。

「タオル、巻いてきたのか」

「恥ずかしいから」

近づいて、彼に背を向けてベッドの上に座る。

後ろから抱かれて、仰向けに引き倒される。

「何で、俺に抱かれるんだ？」

目が合うと、彼が訊いた。

わかってるな、って顔だ。

「俺が、辻堂さんが好きだから。好きな人とエッチしたいから」

俺が答えると、その顔が満足そうな笑みに変わる。

「辻堂さんはどうして俺なの？　貧乏で、痩せっぽちで、バカなのに」

俺が訊くと、彼はちょっと驚いた顔をしてから、答えてくれた。

「お前が欲しいからだ。……愛してるからだ」

少し恥ずかしそうに。


辻堂さんは、ずっと俺を見ていた。

キスする時も、身体を触る時も。

見られてるならなるべく可愛い顔でいたいと思ってたんだけど、上手くいかなかった。

「あ……。あ、や……っ。ん……っ。イイ……ッ！」

ずっと声が出て、ずっと口を開けっ放しで、されるがままだ。

俺は何にもできなくて、ただ彼の手に好き勝手されるばかり。

顔を触られても。

胸を揉まれても。

腹を触られても。

脚を撫でられても。

どこを触られても身体が震えるほど気持ちがいい。

「アッ、アッ、んん……っ」

頭がおかしくなっちゃいそう。

辻堂さんは、俺が射精しないように上手くコントロールしてるから、余計に辛い。

気持ちいいっていう時間だけが続くから。

「ぁぁ……。そこ、や……」

俺ってインランだったのかも。

「イ……、イキたい……っ」

もう先から零れてるのが自分でもわかる。彼が触ると、濡れた感触があるから。

俺はこんなにぐちゃぐちゃなのに、辻堂さんはまだ平気な顔をしてるのが、ちょっと憎らしかった。

「雫」

そうでもないのかな。

声が掠(かす)れてる。

「自分で付けられるか?」

手に何か渡されたので、顔の前まで持ってくると、小さな四角いパッケージだった。

コンドーム？

「俺が入れるの……？」

「恐ろしいこと言うな。汚さないためだ」

「付けたこと……ない」

「そうか。じゃ、付けてやるから見てろ」

顎を引いて自分の下半身を見る。

辻堂さんはパッケージを開けて、中から輪ゴムみたいなものを出した。真ん中に膜が張ってるから、輪ゴムじゃないのはわかるけど。

それを俺の先端に当てると、くるくるっと輪ゴムの部分を転がしてかぶせた。

「冷たい……」

こんなふうにかぶせるんだ。ゴム手袋みたいにかぶせるのかと思ってた。

ぬるぬるしてて、先に小さな余りがある。

マンガなんかでは見たことあるけど、実物を見たのは初めてなので、思わずじっと見てしまった。

「これでいつイッてもいいぞ」

辻堂さんも自分のに装着する。

でもやっぱり先に余ったところがあった。

「それ、何？」

「それ？」

「先の余ってるところ」

彼は咳払いするように手を口に当てた。その顔はにやついている。

「これは精液溜まりだ。出したのがここに溜まるようになってる」

「何で笑うの？」

俺がものを知らないから？

「いや……、あんまり可愛いことを言うから。……我慢ができなくなる」

膝を摑まれ、脚を開かされる。

辻堂さんがもう一つパッケージを開けて出したコンドームを指にかぶせる。

その指に、何かを付けて、俺の股間に手を伸ばした。

「あっ！」

さっきお風呂でされた時にはそんなに簡単に入らなかったのに、今度はいきなり深く入ってくる。

「あぁ……っ」

また、声が上がる。

何でこんなに簡単に入ってくるの？

ゴム付けたから?

……違う。

さっき塗った何かが、滑りをよくしてるんだ。

だから、動く度に音がするんだ。

「あ……。あ……っ」

腰が疼く。

自分で自分のモノに触れると、いつもと違う感触。

手が、少し濡れる。

「ヒッ……、あ……」

中で動かされて、変な感じがじわじわと全身に広がる。

力が抜けてくみたいだ。

指が入ってるところがヒクヒクしてる。

イキそうなのを堪えると、余計にヒクつく。

イキそうだけど、まだイキたくない。辻堂さんと一緒がいい。そう思って手を当てていた自分のモノを強く握る。

「う……」

指が、引き抜かれた。

辻堂さんが、身体を寄せる。

指じゃないものが、お尻に当たる。

でも、すぐには入ってこなくて、彼が訊いた。

「本当に、入れて大丈夫か？」

ホント、辻堂さんは繊細で優しいなぁ。

「俺……、痛いの慣れてるから……、大丈夫」

悲しそうな顔しないで。

ちゃんとわかってる。

暴力で受ける痛みはただ痛いだけだけど、辻堂さんがくれる痛みは幸せなんだって。

「入れて」

俺が望んでるからして。

「欲しい……」

今まで、俺から『欲しい』って言ったことなかったでしょう？　何も欲しがらなかったでしょう？　その俺が言ってるんだよ？

「わかった」

皮膚を引っ張られる感じがして、穴が広げられる。

そこに何かが零される。これってローションかな。バラエティ番組で使ってるぬるぬるはエッチなローションなんだぞ、って聞かされたことがある。あれなのかな？

「あ」

グッ、と何かが入ってきた。

いや、入ろうとしていた。

「つじ……」

ゆっくり、ゆっくり、入ってくる。

痛かった。

入り口のとこが。

でも絶対『痛い』って言っちゃいけない。優しいから、俺がそんなこと言ったら、きっと途中で止めてしまう。

それは嫌だ。

「う……っ、くぅ……っ」

辻堂さんがしたいことを、させてあげたい。自分が、彼の恋人としての役割を果たしたい。セックスの最後まで、ちゃんとしたい。

欲が出た。

したい、されたい。

「うう……っ、ふ……っ」

気持ちの問題だけじゃなく、身体もそれを欲してくる。

「あ……、奥……っ！」

一度呑み込んでしまうと、痛みは薄らいできた。内側はほとんど痛くない。

「動くぞ、雫」

つながったまま、身体が揺らされる。

「あ……、あん……っ」

右足の膝裏を取られて持ち上げられ、肩に担がれる。

俺の手と一緒に、彼の熱くて大きな手が俺のモノを握って揉む。

「あ……んっ」

もうダメ。

痛いとかそんなの関係ない。

イクッ。

「あー……っ。ああ……っ。ひっイイ……。だめ……ぇ」

助けを求めるために辻堂さんを見ると、辻堂さんは苦しそうな顔でつながった場所を見ていた。

グッと突き上げられる。

「ひっ！」

声が上がる。

顔が熱い。つながった場所が熱い。身体の内側が熱い。

何もかもが熱くて、燃え上がりそう。

チーズだったら溶けてるかも。いや、絶対焦げてる。

「あっ」

もう一度、辻堂さんが突き上げた。

背筋を、痺(しび)れが駆け抜けた。

スタンガンを押し付けられたみたいにビリビリッとなって、足が突っ張る。押し付けられたことはないけど。

「イクッ……う……」

全身が、ぶるぶるっと震えて彼を咥えた場所に力が入る。

いけないと思っても加減ができない。

「あぁ……ッ!」

頭が真っ白になって、俺は射精した。

それまで力が入っていたのがウソみたいに、ふわっとした解放感。

「う……っ」

辻堂さんも、俺の中で震え、俺の上に倒れ込んできた。

ぶつかる寸前に手をついて止まり、つながったままキスされる。

「このまま、もう一回いいか？」

結構キチクなセリフだけど、俺は頷いた。

「頑張る」

辻堂さんがしたいことは何でも叶えてあげる。

どんなことでも。


子供の頃、泣くと殴られた。

うるさいと言って蹴られた。

だから、親の前で泣くのを止めた。

菊太郎が来て、菊太郎が泣いた時も、あのクソ親父は殴ろうとした。

だから、菊太郎にも泣いちゃダメだと言い聞かせた。

泣きたくなったら、外に行こう。外で俺が聞いてやるから。二人きりなら泣いてもいいよ、って。

でも、親父達がいなくなってから、菊太郎は泣かなくなった。

もう殴る人がいないからというのもあるだろうが、前のアパートがなくなっても部屋のカギを捨てられないくらい母親が心に残ってるのだろう。

俺と違ってまだ子供だから、寂しいはずだ。

なのにそれを我慢してるんだと思う。

その菊太郎の泣き声が聞こえる。

「雫がぁ……。わあぁぁ……！」

俺？

俺がどうしたんだ？　俺ならここにいるぞ？

「雫がいない。雫が俺を置いてったぁ……」

そんなこと、あるわけないだろ。俺はずっとお前といるよ。お前が大きくなるまで一緒だって約束しただろう。

すぐに駆け寄って抱き締めて、そう言ってやりたいのに身体が重い。

腰が痛い。

ものすごく眠くて、目が開かない。

泣かないで。

お前が泣くと辛い。

「スマン、スマン。雫なら奥で寝てる」

う、辻堂さんの声だ。

「昨日うちに泊まっただけだ。雫はお前を置いてったりしてない」

ぼんやりした頭で、状況がわかってきた。

もう朝になったんだ。

菊太郎は、起きて俺がいないことに気づいて、ここに来たんだ。ああ、ごめん。一言言いに行けばよかった。でなきゃ、辻堂さんに迎えに行ってもらえばよかった。

泣くほど心配したのか。

ごめんな、菊太郎。

「辻堂のバカぁ！　ちゃんと返せよ。雫いなくてびっくりしたじゃないか！」

「イテテ、殴るなって。悪かったよ」

ドアが開いているのか、声がよく聞こえる。

二人はあんなふうに話すんだ。辻堂さんが、俺の時と違って、ちょっと妬ける。

俺と話すより優しげじゃないか。

「ほら、鼻拭け。これから学校だろ？」

「雫を起こしてくる」

「あ、待て」

「なんで？」

「あー……、よく寝てるから、起こさない方がいい」

「病気？」

「病気じゃない。寝てるだけだ。ただ、これから時々雫はこっちに泊まるかもしれない」

「俺から雫を取り上げるの？」

「そうじゃない。……いつか三人で住めたらいいなってことだ」

「三人……」

三人で？

辻堂さんと一緒に暮らせるの？

ずっと一緒にいられるの？

すごい！

眠気が一気に吹き飛んでしまう。ただ身体が重いから起き上がれないけど。

……どうして、菊太郎は何にも言わないんだろう。

菊太郎は反対なのかな？ 俺は、すごく嬉しいのに。

ていうか、どうして辻堂さんも黙ってるんだろう？

暫く沈黙が続いた後、やっと菊太郎の声が聞こえた。

「わかった。『いつか』を待つ」

よかった。菊太郎は反対じゃなかった。

俺達は夢を見ることができるんだ。いつか三人で一緒に暮らすっていう夢が。

「……ふつつかな兄ですが、よろしくお願いします」

続いた『ふつつか』の意味はわからなかったけど……。

いただきます

会社を辞めたのは、人間関係が煩わしくなったからだった。

俺がプロダクトデザイナーとして所属していたデザイン事務所は結構大きなとこで、所属するデザイナーも多かった。

プロダクトデザイナーというのは、あらゆる製品をデザインするのが仕事だ。

主に工業製品をデザインする者はインダストリアルデザイナーと呼ばれるが、俺は日常的に使う物をデザインするのが得意だった。

優秀なプロダクトデザイナーは、ただデザインを考えるだけではダメだ。

その製品の材料の入手、製造の工程、流通の販路や梱包まで考えて、それぞれの関係者や技術者とセッションができなければならない。

どんなにいいデザインであっても、材料が入手できないとか、そんな形は作れない、輸送が難しいなどの問題が出ればそれは採用されない。

言ってしまえば、根回しができなきゃダメってことだ。

俺は、それも上手かった。

入社してからヒット作を幾つも手掛け、クライアントから指名で仕事がくるようになった頃、先輩から厭味を言われるようになった。

それだけならまだしも、実害が出るようになった。

電話を取り次がない、メモを捨てるなんてのは可愛い方だ。パソコンにコーヒーを零された時には、ケンカになった。
社長が間に入ってくれたが、その時のヤツは社長の縁故だったようで、
「辻堂にも悪いところがあったんじゃないのか？」
と言われて、もう面倒になってしまった。
俺はこの事務所で一番の稼ぎ頭だったはずだ。
仕事ができる人間より縁故を優先するのか。
それなら、これからここで頑張っても意味はない。
そう思って、俺は会社を辞めたのだ。
まあ、他にも細かいゴタゴタもあったんだが。
今時は事務所を持つ必要はない。
パソコン一つあれば、デザインも描けるし、遠方の業者ともやりとりができる。
俺を指名してくれていたクライアントは、そのままフリーになった俺に仕事をくれた。
お陰で仕事を選んで、時間にゆとりを持って生活できていた。
そんなある日、見知らぬ男が俺の部屋のドアを叩いた。
「すみません、お隣の里村さんのこと、ご存じですか？」
男は民生委員だった。
俺が住んでるアパートは学生の頃から世話になっていて、で、最後には取り壊すことに

なるだろうから、リフォームは自由にしていいという大家の言葉に甘えて好きなように改造していた。お陰で居心地が良くて引っ越せずにいた。

里村、というのは隣の部屋の老人で、会えば挨拶（あいさつ）して、世間話ぐらいはする仲だった。

民生委員はそのじいさんを訪ねてきたのだが、返事がないと言うのだ。

俺も声をかけ、大家も呼び出し、最終的に警察立ち会いでドアを開けると……。

じいさんは布団に寝たまま亡くなっていた。

後で警察の人間に聞いたら、布団に乱れがないから、眠るように死んだのだろうということだった。

薄い付き合いでも、知り合いが亡くなるのは悲しい。

もっと話しかけてやればよかったと後悔した。

じいさんには身寄りもなかったそうなので、葬式も行われなかった。

事故物件となってしまった部屋はそのままにされ、暫（しばら）く空き室だった。

というか、もう誰も入ってこないんじゃないかと思っていた。

造りはしっかりしてるが、今時木造アパートの、しかも事故物件に住もうなんて人間はいないだろう。

だが、じいさんが亡くなって二週間もしないうちに、隣に人の気配があった。

郵便受けを見ると、『二川（ふたかわ）』と書かれている。

続く名前は雫と菊太郎。

二川さんが引っ越してきた時、俺は技術者との打ち合わせで富山に行っていたので、どんな人間が住んでいるのかわからなかった。

名前からすると、ばあさんとじいさんの夫婦かな？

まあ、面倒な人間でなければいい。

そう思っていた。

が、ある日買い物から帰ってくると、その隣の部屋のドアの前に子供がしゃがみこんでいるのに気づいた。

……ホラー映画みてぇだな。

だが死んだのはじいさんだ。

子供は俺に気づくと、立ち上がり、ペコリと挨拶してからまたしゃがみこんだ。

「こんなとこで遊んでんなよ」

注意すると、子供はこちらを見た。

「遊んでいるのではない。人を待っているのだ」

……何だこの話し方。ジジむさいな。

それで合点がいった。越してきたじいさんの孫か何かに違いない。じいさんが帰ってくるのを待ってるんだろう。

住人の知り合いなら気に掛ける必要はない。

俺は自分の部屋に入って仕事を始めた。

何時間かして、コーヒーでも飲むかとキッチンに立った時、窓の外から小さなクシャミが聞こえた。

まさかと思って外に出ると、あの子供がさっきと同じ格好でしゃがんでいる。ずっとここにいたのか？

もう外は暗い、時計を見ると九時近い。隣の部屋は暗いままだ。

「じいさん、帰ってこないのか」

仕方なく声をかけると、子供は不思議そうな顔をした。

「ここに住んでいたおじいさんは亡くなったと聞いたが？」

「いや、引っ越してきたじいさんを待ってるんだろう？」

「引っ越してきたのは俺と雫だ」

「は？」

「隣にお住まいの方に挨拶が遅れた。俺は二川菊太郎。どうぞよろしく。そちらのお名前は？」

「……辻堂だ」

「そうか、辻堂殿、以後よろしく」

……何でこんなにオッサン臭い喋り方なんだ。

いや、問題はそこじゃないだろう。

「母親だか父親だかに追い出されたのか？」

「両親はいない」

「じゃ、雫ってのは？」

「兄だ」

「じゃ、その兄貴はどうした？」

「仕事に行っている」

「どうして部屋に入らないんだ」

「それが……、カギを忘れてしまって。俺が学校に行ってる間に雫が仕事に行ったから、中に入れんのだ」

「その雫ってのは何時に帰ってくるんだ？」

「いつも日付が変わる頃だ。それより遅い時もある」

あと三時間以上もあるじゃないか。

「仕方ねえな、こっち来い。兄貴が帰ってくるまでうちにいろ」

「ありがたいが断る」

「……なんでだ」

「雫に、知らない人についていってはダメだと言われている」

「隣の住人だ、知らない人じゃないだろう」

「家に上がっていいのは、雫の知ってる人か友達の家だけなのだ」

頑（かたく）なだな。

どうする？　放っておくか？

その時、また菊太郎がクシャミをした。

……仕方ねえな。

「じゃ、友達になってやるから来い」

「ここにいないと雫が心配する」

「俺の部屋にいるって張り紙もしといてやる」

「うむ。それならお世話になる」

変わってはいるが、子供だ。この寒空に放っておく気にはなれない。

俺は菊太郎を部屋に入れ、メシを食わせてやった。

彼の話によると、菊太郎と兄貴の雫ってやつは、一ヵ月ぐらい前に引っ越してきたらしい。

子供ってのはもっと騒がしいものだから、まさかこんな小さいのが住んでるとは思わなかった。

だがその謎（なぞ）はすぐに解けた。

菊太郎はこの年の子供にしてはとてもおとなしい子供だったのだ。

俺がパソコンで仕事を始めると、彼はランドセルから取り出した本を読み始めた。

話しかけてきたり騒いだり、家の中を歩き回ることもしない。

すこぶる付きの『いい子』だった。

だが、数時間後に訪れた兄貴の方は……。

「誘拐犯！　弟を返せ！　うちなんか身代金（みのしろきん）は払えないぞ！」

突然ドアをガンガン叩き、大声で喚（わめ）き立てた。

ドアを開けると、そこにいたのは派手な青いスーツに茶髪のロン毛という、いかにもチャラい男だった。

細っこい身体（からだ）、可愛い顔はしてるが、酒の臭（にお）いもしている。

仕事？　遊んできたんじゃないのか？

それをとがめると、部屋から出てきた菊太郎が彼をかばった。

「それは違うぞ、辻堂。雫の仕事はホストだから、お酒を飲むのは仕事なんだ」

ホストか、いかにもだな。

弟はしっかりしてるが兄貴は遊び人だな、と思ったがそうではなかった。

二人は血のつながった兄弟ではなかった。

それぞれの父親と母親が再婚し、兄弟となったのだが、当の両親は子供を残して蒸発してしまったらしい。

雫は、それをラッキーだったと明るく語った。

父親の暴力、義母のネグレクト。劣悪な状態から抜け出し、やっと兄弟二人で落ち着いて暮らせるようになったのだと。

彼がホストをしているのも、チャラいからではなかった。

父親のせいで高校進学ができず、親父にバイト代ピンハネされても、それでも働き続けた結果、たどりついた仕事だった。

血のつながらない弟など、養護施設に預けてしまえばいいのに、彼は弟の面倒を見ることを幸せそうに語った。

煩わしい人間関係は嫌いだった。

人を貶(おとし)めようとか、蔑(さげす)もうとするやつが嫌いだった。

だがこの二人は、苛酷(かこく)な状況に追いやられても、誰を恨むことなく自分達の力で生きていこうとしている。

人付き合いなど面倒だと思ってたクセに、気づけば弟は預かってやる、メシも食わせてやると言ってしまっていた。

それが、俺と雫の出会いだった。

雫は、自分のことをバカだと言った。

中学しか出ていないし、ものを知らないのだと。

だが頭の回転は悪くない。

彼は、バカなのではなく、ものを知る機会を取り上げられただけなのだろう。

彼は、俺にとって希有（けう）の存在だった。

誰にとっても、彼は今時珍しいと思う人間だろう。

親の暴力を受けても、捨てられても、ひねたところがない。自分が受けたものを他人に与えてやれと考えることもない。

勉強ができないことも、進学できなかったことも、貧乏であることも、全部呑（の）み込（こ）んで笑っている。

俺が作るありきたりなメシを美味（うま）いと言ってよく食べる。

物を欲しがったり、ねだったりすることもない。

自分はバカだと言いながら、それで卑屈になることもない。

真っすぐで、純粋で、強かった。

いい子だ。

毎晩一食だけを付き合って、少し話をしているだけでも、雫のいいところは伝わってきた。

彼の健気さや慎ましやかな態度は、芝居でも計算でもない。

頑張ってるから、まだ菊太郎が行ったことがないというファミレスにでも連れてってやろうと言った時も、素直に喜んでから気づいたように『おごらなくていい』と言い出した。

自分の金で連れていきたいのかと尋ねると、彼はこう答えた。

「それもあるけど……。俺達辻堂さんにずっとご飯ごちそうになってばっかりで何にも返してないから。子供みたいに甘えさせてもらって、優しくされるのはすごく嬉しいけど、それに甘えてるとウザくなるでしょ？　俺、辻堂さんのこと好きだから、面倒だなって思われたくない」

その言葉一つで、彼が今までどんな扱いを受けてきたのかわかる。

今まで、何度か手を差し伸べられたのだろう。

だがその手を握り返しても、頼ろうとした途端に『そういうつもりじゃなかった』と手を引っ込められてきたのだ。

人は、困っている人間に優しくしたいという気持ちは持つ。

だがその人間の全てを引き受けてやることはできない。

与えられるのは一時の安らぎだけだ。

期待して、近づいてはウザイと言われて逃げられる。そんなことを繰り返して、誰にも頼ることができなくなってしまったのだろう。

二十は過ぎてるそうだが、甘えることを許されなかった雫の心は、まだ子供なのだ。

子供が頑張って弟のために大人の役を担っている。

可愛かった。

いじらしかった。

人とかかわるのは面倒だったのに、頑張ってる、お前は一人前だと言ったらポロポロと泣き出した雫を、抱き締めてしまった。

俺の腕の中で泣きじゃくる雫が、愛おしかった。

菊太郎が熱を出した時も、俺を頼ろうとはしなかった。健気な子供として。

どうしたらいいか、泣くのを堪えた顔で体温計を貸してくれと言いにきただけだった。

病院の金を払ってやると言っても、自分が払うときかなかった。

そんなに頑張らなくてもいいのに。弟を養護施設に預けて一人になればもっと楽になれるだろうに。

だから弟がいなければ、一人でもっと楽に暮らせたんじゃないのか？　と言ったら、ポロポロと泣き出した。

「菊太郎がいなかったら……、俺、一人になっちゃうじゃんか……。一人って、寂しいんだ。一人って、弱いんだ。一人って……」

俺は、自分で選んで一人になった。

他人の手を必要としないと思ってその手を離した。

だが雫は望んで一人になったのではなく、一人に『させられた』のだ。その心の支えが、菊太郎なのだ。

孤独を知っている。

その怖さも、辛さも。そんな涙だった。

だから終に言ってしまった。

「俺がいるだろ」

その言葉を言えば、この子の全てに責任を持ってもいいということになる。そう受けとられてしまう。

わかっていても、言わずにはいられなかった。

いじらしくて、抱き締めてキスしてやりたいほどいじらしくて。

「助けてって言ったら助けてくれるの?」

と訊かれて、

「助けてやるよ」

と返して、本当にキスしてしまった。

額にだが。

雫は、気が付かなかったかのように出ていったが、俺は自分の中に雫を健気な子供と思う以外の気持ちを持っていることに気づいた。

俺は、男を性的な対象にしたことがある。

学生時代、何人か女と付き合った。来る者拒まずで、告白されたら付き合うという姿勢が悪かったのか、そのどれもが主張の強い女ばかりだった。

最初はおとなしくても、そのうちあれが欲しい、これが欲しい。どうして私を優先してくれないのか、なぜ自分を一番に扱ってくれないのか。もうあなたのことがわからないから別れると言われた。

その煩わしさから、恋愛は面倒だと、恋人は持たなくなった。

雫は、あの頃の彼女達と比べても、純粋で可愛い。

恋愛が面倒でも、若い男である以上、それなりに欲求はある。

大学を卒業し、社会人になってから偶然再会した学生時代の先輩が、俺と同じ考えの人だった。

いや、少し違うか。

彼は、恋人は面倒だ。そういう相手は遊びでいい。楽しめればいいという享楽的な考えだった。

だが、恋愛が煩わしいという考えは一緒で、彼に『そういう』遊び場を幾つか紹介してもらった。

その中に、男を相手にするところもあった。

「女より締まってイイぞ」

と言われ、興味本位もあって二回程行った。

男なんてと思ったが、自分が同性でもイケるのだと知った。ハマることはなかったけれど。

男であれ、女であれ。心が動かなければ大差はない。

それなら触り心地のいい身体の方がいい。

だが雫には、その心が動いてしまった。

相手は子供だ。

セックスなんて言葉も知らないんじゃないかと思うほど無邪気な子供だ。

そう思って自制していたのに。

無邪気な子供は一度寝てみたかったと言って、俺のベッドに横たわった。

「……据(す)え膳(ぜん)だな」

一度抱きたいと思った相手が、目の前で無防備にベッドに横たわっている。

これが据え膳以外の何だって言うんだ。

「どういう意味？」

見上げてくる目に、自制心が揺らいで、鼻の先にキスしてしまった。

「満足したろ。出ろ。でないと襲うぞ」

と注意はした。

「……襲うって、キスするってこと？」

「ああ」

だが雫はそれでも警戒しなかった。

「俺にキスしたいの？」

ストレートにそう聞き返したかと思うと、更に「したいなら、してもいいよ」と言ってきた。

「いいのか？」

と再確認しても、「辻堂さんなら」と答えた。

意味がわかっていないんだ。子供なんだ。そう思っていても、俺は彼の無知に付け込んで軽く唇を合わせた。

途端に雫の顔が真っ赤になる。

ああ、ようやく意味に気づいたんだな。

まあ嫌がられずにキスできただけでももうけもの、と思うことにしよう。

だが俺の自制心ってのは脆（もろ）かった。

「真っ赤だぞ」

と笑って過ごそうとしたのに。

「だって、初めてだもん」

「初めて？　ファーストキスか？」

「うん。柔らかかった」

こんな軽いキスすら初めてだという雫に、『本当に』キスしてやりたくなって、襲うように唇を奪った。

ぎこちなく、精一杯応（こた）えてくる雫に、止まらなくなる。

彼が俺を押し戻さなければ、次に進んでいたかもしれない。

「嫌だった……」

嫌だったか、と訊こうとしたら、この子供はマンガみたいなことを言った。

「苦しい！　息できない」

もしも、ここで雫が反応していなければ、俺はそのまま彼を帰しただろう。

だが雫は下の方がズキズキすると言い出した。

ズボンの股間に微かな膨らみ。それでも見間違いかと触れてみると、硬い手応え。

「半勃ちだな」

雫は、子供ではない。

子供のようなところもあるが、立派な男だ。それを確認させる手応えだった。

迷いながらも、俺は本人に訊いた。

「これ以上のことをしても、嫌じゃないか？」

雫は、その意味がわかった。セックスしたいのかと口にした。

「辻堂さんなら、何してもいいよ」

とまで言われて、タガが外れた。

そうだ、雫は二十歳を越えてるんだ。まして働いてるのはホストクラブで、そういう知識を強いられる場所。経験がないだけで知識はあるはずだ。男に触られてキスされて
『セックス』という言葉を使うのだから、男同士の恋愛もあるとわかっているだろう。

その上で、『辻堂さんなら』と言うのだから、雫も俺を好きに違いない。

それなら、我慢する必要はない。

俺は、雫を抱いた。

痛々しいほど細い身体に触れ、自分が雫に惚れてしまったことを再確認した。

だが……。

雫はやはり無邪気な子供だった。

無邪気すぎて、残酷な。

「……お前、どうして俺に抱かれてもいいなんて思ったんだ？」

はっきりと『好き』と言って欲しくてカマをかけるように口にした問いかけに、彼は答えた。

「ご飯くれたから」

ザックリと、ナイフで切り裂かれたようなショックだった。

ああ、そうか。違うんだ。

「メシを食わせて、色々買ってやった礼か」

「これ、お礼になる？」

俺がお前に親切だから、……だから『辻堂さんなら』なんだ。

お前は頑張った。自分の身体で代金を払おうとした。未経験だから、キスにもセックスにも興味があったんだろうが、恩人のために、自分の身体を差し出した。

弟のため、豊かな暮らしのため、その身体を人身御供（ひとみごくう）のように差し出した。

何も知らないお前は悪くない。

勝手に誤解した俺が悪い。

悪いが……。

もうお前の側(そば)にはいられない。

俺は『いい人』じゃないから、愛情がないとわかっていても、それにつけこんでまたお前に手を出すかもしれない。その度に、自分が愛した男は自分を愛していないと、空っぽの身体を抱いているのだと思い知らされるだろう。

「お前はもうここへ来るな」

突き放すしかなかった。

まだ愛しいと思う気持ちはあるから、最低限のことはしてやる。

だがもうお前を見ていたくない。これ以上好きになりたくない。

雫はまた、ご飯が食べられなくなることを嘆いたが、そのまま「わかった。色々ありがとうございました」と頭を下げた。

ああ、この程度だったんだな。こいつにとっての俺は。

虚(むな)しかった。

人生で、これほど落ち込んだことはないくらいどん底に落ちた。暫くは仕事が手につかないほど。

俺はバカだな。

人付き合いを避けてきたから、人の気持ちを読むのが下手なんだ。本当にバカだと思ったが、思っていた以上にバカだったらしい。

「言っても無駄だってわかってるけど、お姉様達が当たって砕けろって言うから、言ってみる。俺……、すごく辻堂さんのこと好きだから、何にもいらないし部屋に入れてくれなくてもいいから、ずっと隣にいてください」

どこをどう聞いたのか、俺が引っ越すと誤解した雫が、半べそで飛び込んできてそう言った時、耳を疑った。

「お前……、俺のことが好きなのか?」

「うん。ずっとそう言ってるよ。でも辻堂さんが俺を嫌いでもいいんだよ。人はそれぞれだから」

「嫌いだなんて言ってないだろう」

「でも好きって言ってくれたことないし、終わりだって言われたし……」

それを聞いて、確かに自分が雫にこの気持ちを伝えていなかったことに気づいた。

自分が何も言わずに、相手にだけ求めていたことも。

何て間抜けなんだ。言わなくてもわかると思ってた。

雫が何度も口にした『辻堂さん好き』という言葉を聞き流し続けていたクセに。キスしたい、セックスしたいと言えば、そういう意味だろうと。なのにそれらに応えてくれた雫のことは疑ってしまったのだ。

俺はバカだ。

雫は、もうとっくに愛情を向けて俺に全てを預けてくれていたのに。

俺は、雫を愛していいのだ。

それに応えてくれる雫にも、愛はあるのだ。

それがわかったら、もう迷うことはなかった。

俺は、思う存分雫を求めた。

耐えてる顔も、乱れた顔も、愛しい。

細く白い身体がくねるのを見るとそそられる。

甘くいやらしい声が耳に残る。

一度諦めたから。

渇いた喉にわずかな水を流し込むと、より渇きが酷くなるように。一度手を触れたら止まらなくなった。

それでも何とか傷つけないように心掛けながら、雫を求めた。

後先のことも考えず、何度も。

こんなふうに誰かを抱くのは、初めてだった。

自分の中の熱を吐き出すためでなく、手に入れた熱を味わうために抱くなんてのは。

腹に残ってるクソ親父のせいで付いた傷痕にさえ嫉妬した。『俺のもの』に痕つけやがって、と。

雫が……、愛しかった。

でもまだ、雫は俺『だけ』のものではなかった。

翌朝、ドンドンとドアを叩く音で目を覚まし、隣で寝ている雫を起こさないようにベッドを出る。

こんな朝っぱらから誰だ、と思ったが、叩き方が尋常じゃないので、急いで服を着てドアを開けた。

「いったい何だって……」

「雫がぁ……。わあぁぁ……！」

真っ赤な顔で、顔中をぐちゃぐちゃにして泣き叫ぶ菊太郎がそこにいた。

「雫がいない。雫が俺を置いてったぁ……」

初めて見る菊太郎の子供らしい泣き顔を見て、俺は気づいた。

ああ、こいつがいる。雫はこいつのために生きてきたんだった。

「スマン、スマン。雫なら奥で寝てる。昨日うちに泊まっただけだ。雫はお前を置いてったりしてない」

「辻堂のバカぁ！　ちゃんと返せよ。雫いなくてびっくりしたじゃないか！」

　それを聞いて、菊太郎は小さな手で俺に殴り掛かってきた。

「イテテ、殴るなって。悪かったよ」

　この子供から、雫を取り上げることはできないな。こいつが大人になるまでとは言わないが、せめて中学生になるくらいまでは。

「ほら、鼻拭け。これから学校だろ？」

「雫を起こしてくる」

　部屋に上げて、ティッシュの箱を渡すと、そのまま奥へ行こうとした。

「あ、待て」

「なんで？」

　ヤり終わってそのままだから、雫はまだ素っ裸なはずだ。しかもその肌には俺の『悪さ』の痕が残ってる。

「あー……、よく寝てるから、起こさない方がいい」

「病気？」

「病気じゃない。寝てるだけだ。ただ、これから時々雫はこっちに泊まるかもしれない」

「俺から雫を取り上げるの？」

「そうじゃない。……いつか三人で住めたらいいなってことだ」

その場凌ぎの嘘じゃない。本当に、いつか三人で、家族のように暮らせたらと思ってそう言ったのだが……。

「三人……」

菊太郎は何かを察したようにじっと俺を見た。

雫よりも聡くて大人なこの子供に睨まれると、やましいところがある身としては目をそらしてしまう。

それでも、菊太郎はじっと俺を見てから、ポツッと言った。

「わかった。『いつか』を待つ」

それから正座して深々と頭を下げた。

「……ふつつかな兄ですが、よろしくお願いします」

多分、三人の中でこいつが一番大人なんだろう。

全てがわかっているとは思いたくないが、事情を察したらしい。

なので俺も正座して頭を下げた。

「……いただきます」

小さな声で、そう答えて。

あとがき

皆様、初めまして、もしくはお久し振りです。火崎勇です。

この度は『ご飯ください』をお手に取っていただき、ありがとうございます。イラストの幸村佳苗様、素敵なイラストありがとうございます。担当様、色々ありがとうございました。

さて、今回のお話、如何でしたでしょうか？　おバカな雫と無愛想だけど繊細な（笑）辻堂、そして賢い菊太郎。

き、気に入ってます。彼は雫達の関係にちゃんと気付いてます。まだまだ子供なところはありますが、成長するといい男になるでしょうから。

雫はおバカだけど、バカではありません。辻堂が根気よく勉強を見てやればちゃんと賢くなれるでしょう。

そして辻堂、カッコイイけど繊細。投げやりなところがあるから気付かなかったり見逃したりすることも多いのですが、ピュアな雫や菊太郎と一緒に暮らしていればもっと強く愛想よくなれるはずです。

というわけで、これからの三人です。

辻堂はちゃんと三人で暮らすことを考えているのですが、今のアパートから引っ越したくないと思っているので、雫達の部屋もリフォームしてあそこに住み続けます。

辻堂には豪華なマンションに住めるだけの貯えはあるのですが、自分だけでなく雫達にもあそこが似合ってると思っているので。

菊太郎の進学資金のこともありますしね。小さな古いアパートで、ちょっとリッチに三人で幸せに暮らしましたとさ。……では面白くないので、やっぱりトラブルは起こったりして。

たとえば、雫の勤めるお店のホストの先輩が、実はずっと、雫のことが好きだったとか、なんてね。

それで、後から来たクセに俺の雫にちょっかい出してんじゃねえよ、と争いになる。雫は先輩のことも好きなので、二人の間で悩んでしまうとか。

だとしたら、どの先輩だろう（笑）。

辻堂にゲイの遊びを教えた友人が現れて、雫が気に入ってしまう。昔の辻堂は他人に執着がないのを知っているから二人が本気で付き合ってるとは思わず、俺とも遊ぼうと雫にちょっかい出すとか。

辻堂が以前勤めていた会社で後輩だった女性が現れ、辻堂にモーションかけて、雫の存在を知って「あなたは辻堂さんに相応しくない」とケンカを売るとか。

雫の行方不明だった父親が戻ってきて、辻堂が戦うとか。

所詮は雫の父親なので、辻堂の方が頭がいいので辻堂が勝ちます。

ここはいっそ視点を変えて、菊太郎の恋物語もいいかも。

菊太郎はニョキニョキ伸びる予定。

寡黙でオッサン臭い喋り方だけど、頭のいいイケメンになります。東大も現役合格。そして成長しない雫を可愛がる。

辻堂としてはヤキモキするところですね。

そんな菊太郎が大学で、身体だけはガッシリとしたピュアな先輩に恋される。

先輩の方は友情だとかなんとか誤魔化そうとするけど、雫達のことがあるから菊太郎は「それは恋愛だな」とズバリ言ってしまう。

そしていつもの口調で「うむ。別に嫌ではないから付き合ってもいい。俺は男同士の恋愛には理解があるのだ」とか言っちゃう。

それとも、菊太郎の方がヤンチャしてる後輩に「お前は寂しいから荒れるのだろう。気持ちはわかるがそれは無意味だ」と世話を焼く。

一々反発する後輩に、落ち着いてる菊太郎。後輩は親が離婚とかしててヒネてたけど、

菊太郎のがもっと酷い環境だったと知って心を開いてゆく、とか。

相手がどんな人でも、菊太郎なら幸せになるでしょうけど。

何にせよ、それぞれ個性のある三人ですので、これからが楽しみです。

さて、そろそろ時間となりました。

またの会う日を楽しみに、皆様ご機嫌好う。

『ご飯ください』、いかがでしたか?

火崎勇先生、イラストの幸村佳苗先生への、みなさまのお便りをお待ちしております。

〒112-8001　東京都文京区音羽2-12-21　講談社　文芸第三出版部「火崎　勇先生」係

火崎　勇先生のファンレターのあて先

〒112-8001　東京都文京区音羽2-12-21　講談社　文芸第三出版部「幸村佳苗先生」係

幸村佳苗先生のファンレターのあて先

N.D.C.913　252p　15cm

火崎 勇（ひざき・ゆう）
1月5日生まれ。山羊座のB型。
東京出身在住。
肩身の狭い愛煙家。

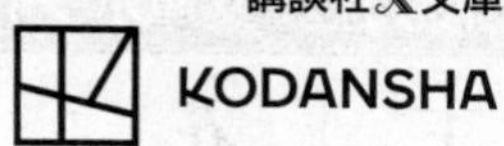

ご飯(はん)ください
火崎(ひざき) 勇(ゆう)
●
2021年6月3日　第1刷発行

定価はカバーに表示してあります。
発行者――鈴木章一
発行所――株式会社 講談社
東京都文京区音羽2-12-21 〒112-8001
電話 編集 03-5395-3507
販売 03-5395-5817
業務 03-5395-3615
本文印刷―豊国印刷株式会社
製本―――株式会社国宝社
カバー印刷―半七写真印刷工業株式会社
本文データ制作―講談社デジタル製作
デザイン―山口 馨

ISBN978-4-06-523399-3

ホワイトハート最新刊

ご飯ください

火崎 勇　絵／幸村佳苗

好きな人と家族になりたい！　お前の弟は預かっている――誘拐だ！　新人ホストの雫が駆け込んだ部屋で待ち受けていたのは危険そうな強面男性で!?　奇妙な関係から始まるファミリー・ラブ♡

無敵の城主は愛に溺れる

春原いずみ　絵／鴨川ツナ

昼も夜も、あなたと。開業医の濃密ラブ！　クリニックを経営する医師・城之内聡史の仕事上のパートナー・姫宮蓮は、実は城之内が溺愛してやまない美しい恋人でもある。ところが思わぬ邪魔者が現れて……？

ホワイトハート来月の予定（7月3日頃発売）

蜜月の幕があがる……………………藍生 有

サン・ピエールの宝石迷宮……………篠原美季

※予定の作家、書名は変更になる場合があります。